Marcel Proust nasceu em Paris, a 10 de julho de 1871, em meio aos bombardeios da Guerra Franco-Prussiana. Seu pai, Adrien Proust, era um grande cirurgião e professor de medicina, católico, e sua mãe, Jeanne Weil, era de uma abastada família burguesa judia-parisiense. Aos nove anos, Marcel, de saúde frágil, manifestou a doença que o perturbaria até a morte: a asma. Estudou no Liceu Condorcet, frequentado por filhos de famílias ricas. Fez um ano de serviço militar, chegou a se matricular na Escola de Direito e na Escola de Ciências Políticas, mas acabou por se licenciar em Letras na Sorbonne, onde chegou a ter aula com o pensador Henri Bergson, cujas reflexões sobre o conceito de tempo muito influenciariam sua obra.

No início da década de 1890, flertou com o jornalismo, fundando a revista *Le Banquet* e publicando alguns textos em outros periódicos, como *La revue blanche*. Frequentava salões da classe alta, onde conhecia artistas e escritores, e onde adquiriu fama de mundano. Em 1895, para contentar o pai, trabalhou como voluntário na Biblioteca Mazarine, a mais antiga biblioteca pública da França. Também neste ano Proust iniciou, sem no entanto terminar, um vasto romance autobiográfico, *Jean Santeuil*, publicado postumamente, considerado um esboço daquela que seria sua grande obra, *Em busca do tempo perdido*. Seus primeiros textos – pequenos relatos e poemas em prosa – foram reunidos com prefácio de Anatole France sob o título de *Os prazeres e os dias*, em 1896.

Viveu com os pais – era especialmente ligado à mãe – até a morte deles. Somente então, em 1907, começou a redação de *Em busca do tempo perdido*, que seria publicado em sete volumes, de 1913 a 1927, sendo que o primeiro, *No caminho de Swann*, foi famosamente recusado por André Gide, então editor da prestigiosa editora Gallimard, e publicado pela editora Grasset. Em 1919 recebeu o prêmio Goncourt pelo segundo volume da monumental obra, *À sombra das raparigas em flor*. Seus últimos anos de vida são de trabalho intenso para finalizar os cinco últimos volumes de *Em busca do tempo perdido*. Morre em 18 de novembro de 1922, de pneumonia, e é enterrado com honras de cavaleiro da Legião da Honra. Publicou também alguns livros de crítica literária, como *Pastiches et mélanges* (1919) e o póstumo *Contre Sainte-Beuve* (1954).

Livros do autor publicados pela **L&PM** EDITORES:

Um amor de Swann
O fim do ciúme e outros contos
Sobre a leitura

Livros relacionados:

O lago desconhecido: entre Proust e Freud – Jean-Yves Tadié
Em busca do tempo perdido (MANGÁ)

MARCEL PROUST

O FIM DO CIÚME
& OUTROS CONTOS

Tradução de Julia da Rosa Simões

www.lpm.com.br
L&PM POCKET

Coleção **L&PM** POCKET, vol. 1294

Texto de acordo com a nova ortografia.
Título original: "*Violante ou la mondanité*"; "*La confession d'une jeune fille*"; "*Un dîner en ville*"; "*La fin de la jalousie*"

Primeira edição na Coleção **L&PM** POCKET: novembro de 2018

Tradução: Julia da Rosa Simões
Capa e ilustração: Ivan Pinheiro Machado
Preparação: Marianne Scholze
Revisão: L&PM Editores

CIP-Brasil. Catalogação na publicação
Sindicato Nacional dos Editores de Livros, RJ.

P962f

Proust, Marcel, 1871-1922
  O fim do ciúme e outros contos / Marcel Proust; tradução Julia da Rosa Simões. – 1. ed. – Porto Alegre [RS]: L&PM, 2018.
  112 p. ; 18 cm.   (Coleção L&PM POCKET, v. 1294)

  Tradução de: "*Violante ou la mondanité*"; "*La confession d'une jeune fille*"; "*Un dîner en ville*"; "*La fin de la jalousie*"
  ISBN 978-85-254-3801-0

  1. Contos franceses. I. Simões, Julia da Rosa. II. Título. III. Série.

| 18-51834 | CDD: 843 |
| | CDU: 82-34(44) |

Vanessa Mafra Xavier Salgado - Bibliotecária - CRB-7/6644

© da tradução, L&PM Editores, 2017

Todos os direitos desta edição reservados a L&PM Editores
Rua Comendador Coruja, 314, loja 9 – Floresta – 90.220-180
Porto Alegre – RS – Brasil / Fone: 51.3225.5777

Pedidos & Depto. comercial: vendas@lpm.com.br
Fale conosco: info@lpm.com.br
www.lpm.com.br

Impresso no Brasil
Primavera de 2018

Sumário

Violante ou a mundanidade 7

A confissão de uma jovem 27

Um jantar na cidade 53

O fim do ciúme 69

Violante ou a mundanidade

"Com jovens e pessoas mundanas conversai pouco... Não busqueis aparecer na presença dos poderosos."

A imitação de Cristo
Livro I, Capítulo 8

I

Infância meditativa de Violante

A viscondessa da Estíria era generosa e terna, toda imbuída de uma graça que encantava. O espírito do visconde, seu marido, era extremamente alerta, e os traços de seu rosto tinham uma regularidade admirável. Mas qualquer granadeiro seria mais sensível e menos vulgar. Longe do mundo, na rústica propriedade da Estíria, criaram a filha Violante, que, bela e alerta como o pai, caridosa e misteriosamente sedutora como a mãe, parecia unir as qualidades dos dois numa proporção perfeitamente harmoniosa. No entanto, as cambiantes aspirações de seu coração e de sua mente não encontravam nela uma vontade que, sem limitá-las, as direcionasse e a impedisse de se tornar seu encantador e frágil joguete. Essa falta de vontade infundia na mãe de Violante temores que poderiam se tornar, com o tempo, fecundos, se a viscondessa não tivesse morrido violentamente com o marido num acidente de caça, deixando Violante órfã aos quinze anos. Vivendo quase sozinha, sob a guarda vigilante mas desajeitada do velho Augustin, seu preceptor e intendente do castelo da Estíria, Violante, por falta de amigos, fez de seus sonhos companheiros agradáveis aos quais então prometia manter-se fiel por toda a vida. Passeava com eles pelas alamedas do parque, pelo campo, debruçava-se com eles ao terraço que, fechando a propriedade da Estíria, dava para o mar. Elevada por eles como que acima de si mesma, iniciada por eles, Violante sentia todo o visível e pressentia um pouco do invisível. Sua alegria era infinita, entremeada de tristezas que, em doçura, ainda superavam a alegria.

II

Sensualidade

"Não vos apoieis no junco que o vento agita e não coloqueis vossa confiança sobre ele, pois toda carne é como a relva e sua glória passa como a flor do campo."

A imitação de Cristo

Com exceção de Augustin e algumas crianças da região, Violante não via ninguém. Somente uma irmã mais nova de sua mãe, que morava em Julianges, castelo a algumas horas de distância, às vezes visitava Violante. Certo dia em que ia visitar a sobrinha, um de seus amigos a acompanhou. Chamava-se Honoré e tinha dezesseis anos. Não agradou a Violante, mas voltou. Passeando numa alameda do parque, ensinou-lhe coisas muito inconvenientes de que ela nem desconfiava. Ela experimentou um prazer muito suave, do qual, porém, logo sentiu vergonha. Depois, como o sol se pusera e tinham caminhado muito, sentaram-se num banco, por certo para contemplar os reflexos com que o céu róseo suavizava o mar. Honoré aproximou-se de Violante para que ela não sentisse frio, fechou-lhe o casaco de pele ao peito com engenhosa lentidão e propôs-lhe tentar colocar em prática, com sua ajuda, as teorias que acabara de ensinar-lhe no parque. Quis falar-lhe baixinho, aproximou os lábios do ouvido de Violante, que não o afastou; mas ouviram um barulho nas folhagens. "Não é nada", disse Honoré ternamente. "É minha tia", disse Violante. Era o vento. Violante, porém, que se levantara, refrescada na hora certa por aquele vento, não quis voltar a sentar-se e despediu-se de Honoré, apesar de suas súplicas. Teve remorsos, uma crise de nervos e por dois dias seguidos custou muito a pegar no sono. Sua memória era um travesseiro abrasador que ela revirava sem parar. Dois dias depois, Honoré pediu para vê-la. Ela mandou dizer que saíra para passear. Honoré não acreditou e não ousou retornar. No verão seguinte, ela voltou a pensar em Honoré com ternura, com mágoa também, pois sabia que ele havia partido num navio como marujo.

Depois que o sol se punha no mar, sentada no banco ao qual, havia um ano, ele a conduzira, esforçava-se para lembrar dos lábios contraídos de Honoré, de seus olhos verdes semicerrados, de seus olhares exploradores como raios que pousavam sobre ela um pouco de viva luz cálida. E nas noites doces, nas noites vastas e secretas, quando a certeza de que ninguém podia vê-la exaltava seu desejo, ela ouvia a voz de Honoré dizendo-lhe ao ouvido coisas proibidas. Ela o evocava por inteiro, obcecante e oferecido como uma tentação. Certa noite, ao jantar, olhou suspirando para o intendente que estava sentado a sua frente.

– Estou muito triste, meu Augustin – disse Violante. – Ninguém me ama – continuou.

– No entanto – replicou Augustin –, quando há oito dias estive em Julianges para arrumar a biblioteca, ouvi dizerem da senhorita: "Como é bela!".

– Por quem? – perguntou Violante tristemente.

Um tênue sorriso erguia, pouco e timidamente, um canto de sua boca, como quando se tenta abrir uma cortina para deixar entrar a alegria do dia.

– Pelo jovem do ano passado, o sr. Honoré...

– Acreditava-o no mar – disse Violante.

– Ele voltou – disse Augustin.

Violante levantou-se na hora, seguiu quase cambaleando até o quarto para escrever a Honoré que viesse vê-la. Ao empunhar a pena, teve uma sensação de felicidade, de força ainda ignorada, a sensação de ordenar um pouco a vida segundo seu capricho e para a própria volúpia, de que às engrenagens dos destinos dos dois, que pareciam aprisioná-los mecanicamente longe um do outro, ela ainda poderia dar um empurrãozinho que ele apareceria à noite no terraço, sem o cruel êxtase de seu desejo insaciado, que suas ternuras inaudíveis – seu perpétuo romance interior – e as coisas realmente tinham avenidas comunicantes às quais ela se lançaria rumo ao impossível, que tornaria viável criando-o. No dia seguinte, recebeu a resposta de Honoré, que foi ler, trêmula, no banco em que ele a havia beijado.

> Senhorita,
> Recebo sua carta uma hora antes da partida de meu navio. Aportamos por apenas oito dias e não voltarei antes de quatro

anos. Queira guardar a lembrança de
Seu respeitoso e terno

       Honoré.

Então, contemplando aquele terraço no qual ele não viria mais, onde ninguém poderia saciar seu desejo, também aquele mar que o afastava dela e que, em contrapartida, na imaginação da jovem, cobria-o com um pouco de seu grande encanto misterioso e triste, encanto das coisas que não são nossas, que refletem muitos céus e banham muitas margens, Violante desmanchou-se em lágrimas.

– Meu pobre Augustin – disse ela à noite –, aconteceu-me um grande infortúnio.

A primeira necessidade de confidência nascia, para ela, das primeiras decepções de sua sensualidade, tão naturalmente quanto em geral nasce das primeiras satisfações do amor. Ela ainda não conhecia o amor. Pouco tempo depois, sofreu por causa dele, única maneira de se aprender a conhecê-lo.

III

DORES DE AMOR

Violante apaixonou-se, ou melhor, um jovem inglês que se chamava Laurence foi por vários meses o objeto de seus mais insignificantes pensamentos, o objetivo de suas mais importantes ações. Ela havia caçado uma vez com ele e não compreendia por que o desejo de revê-lo dominava sua mente, empurrava-a aos caminhos que levavam a ele, afastava dela o sono, destruía seu descanso e sua felicidade. Violante estava enamorada, foi desdenhada. Laurence amava a vida mundana, ela amou-a para segui-lo. Mas Laurence não tinha olhos para aquela camponesa de vinte anos. Ela adoeceu de desgosto e ciúme, foi esquecer Laurence em Eaux de..., mas continuou ferida em seu amor-próprio, por ver-se preterida em prol de tantas mulheres que não tinham o seu valor, e decidida a conquistar, para superá-las, todas as vantagens delas.

– Deixo-o, meu bom Augustin – disse ela –, para ir à corte da Áustria.

– Deus nos livre – disse Augustin. – Os pobres da região não serão mais consolados por suas caridades enquanto estiver no meio de tantas pessoas más. A senhorita não brincará mais com as crianças nos bosques. Quem tocará o órgão na igreja? Não a veremos mais pintando no campo, a senhorita não comporá mais canções.

– Não se preocupe, Augustin – disse Violante –, apenas mantenha belos e fiéis meu castelo e meus camponeses da Estíria. A vida mundana é apenas um meio. Ela oferece armas vulgares, mas invencíveis, e se eu algum dia quiser ser amada preciso possuí-las. Certa curiosidade também me conduz a ela, bem como uma necessidade de levar uma vida um pouco mais material e menos sensata do que esta. Quero ao mesmo tempo um descanso e uma escola. Assim que consolidar minha posição e encerrar minhas férias, trocarei a vida mundana pelo campo, por nossa boa gente simples e pelo que prefiro acima de tudo, minhas canções. Num momento específico e próximo, interromperei esse percurso e voltarei para nossa Estíria, viver ao lado de você, meu caro.

– Poderá fazer isso? – perguntou Augustin.

– Podemos o que queremos – respondeu Violante.

– Mas a senhorita talvez não queira mais a mesma coisa – disse Augustin.

– Por quê? – perguntou Violante.

– Porque terá mudado – disse Augustin.

IV

A MUNDANIDADE

As pessoas da sociedade são tão medíocres que bastou Violante condescender em misturar-se a elas para eclipsar quase todas. Os senhores mais inacessíveis, os artistas mais selvagens foram a seu encontro e a cortejaram. Ela era a única que tinha espírito, bom gosto, um comportamento que trazia à mente todas as perfeições. Lançou comédias, perfumes e vestidos. As costureiras, os escritores, os cabeleireiros imploraram sua proteção. A mais famosa modista da Áustria pediu-lhe permissão para intitular-se sua fornecedora, o mais ilustre príncipe da Europa pediu-lhe permissão para intitular-se seu amante. Ela julgou necessário recusar a ambos essa marca de preferência que lhes teria definitivamente consagrado a elegância. Dentre os jovens que solicitaram ser recebidos por Violante, Laurence fez-se notar pela insistência. Depois de ter-lhe causado tanta tristeza, inspirou-lhe, com isso, certa aversão. E sua baixeza afastou-o mais que todos os seus desdéns. "Não tenho o direito de me indignar", ela pensava. "Não o amei por sua grandeza de alma e percebi muito bem, sem ousar admiti-lo, que era vil. Pensei que fosse possível ser vil e, ao mesmo tempo, amável. Mas assim que deixamos de amar voltamos a preferir as pessoas de coração. Como a paixão por esse malvado era estranha, pois vinha toda da cabeça e não tinha a desculpa de ser desviada pelos sentidos! O amor platônico é coisa pouca." Veremos que ela pôde observar, um pouco mais tarde, que o amor sensual era menos ainda.

Augustin foi visitá-la, quis levá-la de volta à Estíria.

– A senhorita conquistou uma verdadeira superioridade – disse ele. – Não é suficiente? Por que não volta a ser a Violante de antigamente?

– Acabo justamente de conquistá-la, Augustin – replicou Violante –, deixe-me ao menos exercê-la por alguns meses.

Um acontecimento que Augustin não havia previsto dispensou por um tempo Violante de pensar em voltar. Depois de rejeitar vinte altezas sereníssimas, igual número de príncipes soberanos e um homem de gênio que pediam sua mão, ela casou-se com o duque da Boêmia, que tinha encantos extremos e cinco milhões de ducados. O anúncio do retorno de Honoré por pouco não rompeu o casamento às vésperas da celebração. Mas um mal que o afetara desfigurava-o e tornou suas familiaridades odiosas a Violante. Ela chorou pela vanidade de seus desejos, que outrora voavam tão ardentes para a carne então em flor que agora estava murcha para sempre. A duquesa da Boêmia continuou encantando como antes havia feito Violante da Estíria, e a imensa fortuna do duque serviu apenas para dar uma moldura digna à obra de arte que ela era. De obra de arte ela se tornou objeto de luxo pela natural inclinação que as coisas deste mundo têm de entrar em declínio quando um nobre esforço não mantém seu centro de gravidade como que acima delas mesmas. Augustin espantava-se com tudo o que ouvia dela. "Por que a duquesa", escrevia-lhe, "fala sem parar de coisas que Violante tanto desprezava?"

"Porque agradaria menos com preocupações que, por sua própria superioridade, são desagradáveis e incompreensíveis às pessoas que vivem na sociedade", respondeu Violante. "Mas entedio-me, meu bom Augustin."

Ele foi vê-la, explicou-lhe por que ela se entediava:

– Seu gosto pela música, pela reflexão, pela caridade, pela solidão, pelo campo não é mais exercido. O sucesso a ocupa, o prazer a detém. Mas só encontramos a felicidade fazendo o que amamos com as tendências profundas de nossa alma.

– Como você sabe, se não viveu? – perguntou Violante.

– Pensei, e isso é viver plenamente – disse Augustin. – Mas espero que a senhora logo sinta repulsa por essa vida insípida.

Violante entediou-se cada vez mais, nunca mais ficava alegre. Então, a imoralidade da vida mundana, que até então a havia deixado indiferente, atingiu-a e feriu-a cruelmente, assim como o rigor das estações derruba os corpos que a doença torna incapazes de lutar. Um dia em que passeava sozinha por uma avenida quase deserta, de um carro que não havia percebido desceu uma mulher que foi reto em sua direção. A mulher abordou-a e, tendo-lhe perguntado se era mesmo Violante da Boêmia, contou-lhe que havia sido amiga de sua mãe e que desejara rever a pequena Violante que tivera sobre os joelhos. Abraçou-a com emoção, pegou-a pela cintura e começou a beijá-la tantas vezes que Violante, sem se despedir, fugiu o mais rápido que pôde. Na noite seguinte, Violante compareceu a uma festa organizada em homenagem à princesa de Miseno, que não conhecia. Reconheceu na princesa a abominável senhora da véspera. E uma viúva, que até então Violante havia estimado, disse-lhe:

– Quer que a apresente à princesa de Miseno?

– Não! – disse Violante.

– Não seja tímida – disse a viúva. – Tenho certeza de que vai agradar-se de você. Ela gosta muito de mulheres bonitas.

Violante passou a ter, a partir daquele dia, duas inimigas mortais, a princesa de Miseno e a viúva, que a retrataram em toda parte como um monstro de orgulho e perversidade. Violante ficou sabendo, chorou por si mesma e pela maldade das mulheres. Fazia tempo que se conformara com a dos homens. Logo passou a dizer ao marido, todas as noites:

– Partiremos depois de amanhã para minha Estíria e nunca mais sairemos de lá.

Então surgia uma festa que talvez agradasse mais que as outras, um vestido mais bonito a ser mostrado. As necessidades profundas de imaginar, criar, viver sozinha e pelo pensamento, e também de se dedicar, faziam-na sofrer por não serem satisfeitas e, ao mesmo tempo que a impediam de encontrar na sociedade mesmo a sombra de uma alegria, tinham se embotado demais, não eram mais suficientemente imperiosas para fazê-la mudar de vida, para obrigá-la a renunciar à sociedade e a cumprir seu verdadeiro destino. Ela continuava oferecendo o espetáculo suntuoso e desolado de uma vida criada para o infinito e aos poucos restrita a quase nada, exibindo apenas as sombras melancólicas do nobre destino que poderia ter seguido e do qual se afastava cada dia mais. Um grande movimento de plena caridade, que lavasse sua alma como uma maré, nivelasse todas as desigualdades humanas que obstruem um coração mundano, era detido pelos mil diques do egoísmo, da afetação e da ambição. A bondade não a agradava senão como elegância. Ela bem faria doações de dinheiro, doações até de seu esforço e de seu tempo, mas toda uma parte de si mesma estava reservada, não lhe pertencia mais. Ainda lia ou sonhava pela manhã na cama, mas com um espírito falseado que agora se detinha fora das coisas e contemplava a si mesmo, não para aprofundar-se, mas para admirar-se voluptuosa e vaidosamente como diante de um espelho. E se então lhe anunciassem uma visita, ela não teria a vontade necessária para dispensá-la e continuar a sonhar ou ler. Havia chegado ao ponto de só experimentar a natureza por meio de seus sentidos pervertidos, e o encanto das estações não existia mais para ela senão para perfumar seus adereços e dar-lhes a tonalidade. Os encantos do inverno se tornaram o prazer de ser friorenta, e a alegria da caça fechou seu coração às tristezas do outono. Ela às vezes queria tentar reencontrar, caminhando sozinha por uma floresta, a fonte natural das verdadeiras felicidades. Mas, sob as folhagens tenebrosas, passeavam vestidos deslumbrantes. E o prazer de ser elegante corrompia a alegria de estar sozinha e de sonhar.

– Partimos amanhã? – perguntava o duque.

— Depois de amanhã – respondia Violante.

Então o duque parou de perguntar. A Augustin, que se lamentava, Violante escreveu: "Voltarei quando for um pouco mais velha". "Ah", respondeu Augustin, "a senhora está deliberadamente abdicando de sua juventude; nunca voltará para sua Estíria." Ela nunca voltou. Jovem, havia permanecido na sociedade para exercer a soberania da elegância conquistada quase criança. Velha, permaneceu para defendê-la. Em vão. Perdeu-a. E quando morreu ainda estava tentando reconquistá-la. Augustin contara com a repulsa. Mas não contara com uma força que, embora de início alimentada pela vaidade, vence a repulsa, o desprezo, o próprio tédio: o hábito.

Agosto de 1892.

A CONFISSÃO DE UMA JOVEM

"Os desejos dos sentidos nos levam aqui e ali, mas, passado o momento, o que trazem? Consciência pesada e dissipação do espírito. Saímos com alegria e com frequência voltamos com tristeza, e os prazeres da noite entristecem a manhã. Assim, a alegria dos sentidos afaga no início, mas no fim ela fere e mata."

A imitação de Cristo
Livro I, Capítulo 18

I

"No esquecimento que buscamos nas falsas
[alegrias,
Retorna mais virginal, através das bebedeiras,
O doce perfume melancólico do lilás."

Henri de Régnier

Enfim aproxima-se a libertação. Certamente fui inábil, atirei mal, quase errei. Certamente teria sido melhor morrer na primeira tentativa, mas enfim, não conseguiram extrair a bala e as complicações cardíacas tiveram início. Não deve demorar. Oito dias, porém! Ainda pode durar oito dias! Durante os quais não poderei fazer outra coisa além de me esforçar para recapitular o horrível encadeamento dos fatos. Se não estivesse tão fraca, se tivesse vontade suficiente para levantar-me, para partir, gostaria de ir morrer em Oublis, no parque onde passei todos os meus verões até os quinze anos. Nenhum lugar está mais repleto de minha mãe, tanto sua presença, e sua ausência mais ainda, o impregnaram de sua pessoa. A ausência não é, para quem ama, a mais certa, a mais eficaz, a mais vivaz, a mais indestrutível, a mais fiel das presenças?

Minha mãe me levava a Oublis no final de abril, ia embora após dois dias, passava mais dois dias em meados de maio, depois voltava para me buscar na última semana de junho. Suas vindas, tão curtas, eram a coisa mais doce e mais cruel. Durante esses dois dias ela me enchia de carinhos dos quais habitualmente, para fortalecer-me e apaziguar minha frágil sensibilidade, era muito avara. Nas duas noites que passava em Oublis, vinha me dar boa-noite na cama, antigo hábito que havia abandonado porque eu o vivia com demasiado prazer e sofrimento, porque não conseguia mais pegar no sono de tanto chamá-la para me dar boa-noite de novo, no fim sem ousar chamá-la, experimentando apenas a necessidade ardente de fazê-lo, inventando sempre novos pretextos, revirando o travesseiro abrasador, os pés gelados que somente ela poderia reaquecer com as mãos... Todos esses doces momentos recebiam uma doçura a mais porque eu sentia que neles é que minha mãe era realmente ela mesma e que sua habitual frieza devia custar-lhe muito. No dia de sua partida, dia de desespero em que eu me agarrava a seu vestido até o vagão do trem, suplicando para que me levasse com ela a Paris, eu discernia muito bem entre a sinceridade e o fingimento, a tristeza que transparecia sob as repreensões alegres e zangadas a minha tristeza "boba, ridícula" que ela queria me ensinar a dominar, mas que compartilhava. Ainda sinto a minha emoção de um desses dias de partida (apenas a emoção intacta, não alterada pelo doloroso retorno de hoje), de um desses dias de partida quando fiz a doce descoberta de sua ternura tão semelhante e tão superior à minha. Como todas as descobertas, ela fora pressentida, adivinhada, mas os fatos pareciam tantas vezes contradizê-la! Minhas mais doces impressões datam dos anos em que ela voltava a Oublis, chamada porque eu estava doente. Não apenas ela me fazia uma visita a mais, com a qual eu não havia contado, como acima de tudo tornava-se nada mais que suavidade e ternura, amplamente comunicadas sem dissimulação nem constrangimento. Mesmo naquela época em que ainda não haviam sido suavizadas, enternecidas pelo pensamento de que um dia viriam a faltar-me, essa suavidade e essa ternura eram tanto para mim que o encanto da convalescença sempre me foi mortalmente triste: aproximava-se o dia em que eu estaria curada o suficiente para que minha mãe pudesse partir, e até lá eu não estava indisposta o suficiente para que ela não retomasse as austeridades, a justiça sem indulgência de antes.

Um dia, os tios com quem eu morava em Oublis esconderam de mim que minha mãe estava para chegar, porque um priminho viera passar algumas horas comigo e porque eu não teria me ocupado dele o suficiente diante da alegre angústia dessa espera. Esse segredo talvez tenha sido a primeira das circunstâncias independentes à minha vontade que foram cúmplices de todas as disposições para o mal que, como todas as crianças de minha idade, e não mais que as outras, eu levava dentro de mim. Esse priminho, que tinha quinze anos – eu tinha catorze –, já era muito vicioso e ensinou-me coisas que logo fizeram-me estremecer de culpa e volúpia. Eu saboreava, ao ouvi-lo, ao deixar suas mãos acariciarem as minhas, uma alegria envenenada na própria fonte; logo tive forças para deixá-lo e fugir para o parque com uma louca necessidade de minha mãe que, infelizmente!, eu sabia estar em Paris, mesmo assim chamando-a por todas as alamedas. De repente, ao passar diante de uma sebe, avistei-a num banco, sorrindo e abrindo-me os braços. Ela retirou o véu para me beijar, atirei-me contra suas bochechas desmanchando-me em lágrimas; chorei por um bom tempo enquanto contava todas as horríveis coisas que só a ignorância de minha idade poderia dizer-lhe e que ela soube ouvir divinamente, sem compreendê-las, diminuindo-lhes a importância com uma bondade que aliviava o peso de minha consciência. O peso diminuía, diminuía; minha alma oprimida, humilhada, elevava-se cada vez mais leve e potente, transbordava, eu era toda alma. Uma divina doçura emanava de minha mãe e de minha inocência recuperada. Logo senti em minhas narinas um aroma igualmente puro e fresco. Era um lilás, que tinha um ramo já florido escondido pela sombrinha de minha mãe e que, invisível, cheirava bem. No alto das árvores, os pássaros cantavam com toda força.

Mais alto ainda, entre as copas esverdeadas, o azul era tão profundo que parecia a entrada de um céu onde poderíamos subir indefinidamente. Beijei minha mãe. Nunca mais conheci a doçura desse beijo. Ela foi embora no dia seguinte e essa partida foi mais cruel que todas as anteriores. Junto com a alegria, parecia-me agora que eu havia pecado uma vez, que era a força e o apoio necessários que me abandonavam.

Todas essas separações ensinavam-me, contra minha vontade, como seria aquela, irreparável, que um dia aconteceria, embora, naquela época, eu nunca tenha seriamente considerado a possibilidade de sobreviver a minha mãe. Eu estava decidida a matar-me no minuto que se seguisse a sua morte. Mais tarde, a ausência trouxe outros ensinamentos, ainda mais amargos: que nos acostumamos à ausência, que a maior diminuição de nós mesmos, o mais humilhante sofrimento, é sentir que não sofremos mais. Esses ensinamentos, aliás, seriam desmentidos a seguir. Penso, agora, sobretudo no pequeno jardim onde tomava café da manhã com minha mãe e onde havia inúmeros amores-perfeitos. Eles sempre me pareceram um pouco tristes, sisudos como emblemas, mas doces e aveludados, geralmente malvas, às vezes violetas, quase negros, com graciosas e misteriosas imagens amarelas, alguns totalmente brancos e de uma frágil inocência. Agora, colho-os todos em minha lembrança, a tristeza que tinham aumentou por ser compreendida, a doçura de seu aveludado desapareceu para sempre.

II

Como toda essa água fresca das lembranças pôde brotar de novo e fluir por minha alma impura sem se contaminar? Que virtude possui o matinal perfume de lilás para atravessar tantos vapores fétidos sem se misturar a eles e sem enfraquecer? Ah! É tanto dentro de mim quanto bem longe de mim, para fora de mim, que minha alma de catorze anos ainda desperta. Bem sei que não é mais minha alma e que não depende de mim que volte a ser. Naquela época, porém, não acreditava que um dia chegaria a lamentá-la. Era absolutamente pura, eu só precisava torná-la forte e capaz, no futuro, das mais elevadas realizações. Muitas vezes, em Oublis, depois de ter estado com minha mãe à beira da água cheia de jogos de luz solar e peixes, durante as horas quentes do dia, ou pela manhã e ao anoitecer, passeando com ela pelos campos, eu sonhava com confiança esse futuro que nunca era belo o suficiente para o seu amor, para o meu desejo de agradá-la e para as forças, senão de vontade, ao menos de imaginação e sentimento que se agitavam dentro de mim, que clamavam tumultuosamente o destino que as realizaria e martelavam as paredes de meu coração como que para abri-lo e se precipitarem para fora de mim, para a vida. Se na época eu pulava com todas as minhas forças, se beijava mil vezes minha mãe, corria bem longe à frente como um jovem cão, ou, tendo ficado indefinidamente para trás colhendo papoulas e centáureas, voltava aos gritos, era menos pela alegria do passeio em si e das colheitas do que para espalhar a felicidade de sentir dentro de mim toda essa vida prestes a jorrar e estender-se ao infinito, sob perspectivas mais amplas e mais encantadoras do que o extremo horizonte das florestas e do céu que eu gostaria de alcançar num único salto. Buquês de centáureas, de trevos e de papoulas, se eu vos levava com tanta embriaguez, os olhos ardentes, toda palpitante, se me fazíeis rir e chorar, era porque eu vos compunha com todas as minhas esperanças de então, que agora, como vós, secaram, apodreceram e, sem terem florido como vós, voltaram ao pó.

O que desolava minha mãe era minha falta de vontade. Eu fazia tudo sob o impulso do momento. Enquanto se manteve ditada pelo espírito ou pelo coração, minha vida, sem ser totalmente boa, não foi de todo ruim. A realização de todos os meus belos projetos de trabalho, de calma, de razão, preocupava-nos, minha mãe e eu, acima de tudo, porque sentíamos, ela mais claramente, eu confusamente, mas com muita força, que não passaria da imagem projetada em minha vida da criação por mim mesma e em mim mesma dessa vontade que ela havia concebido e alimentado. Mas eu sempre a adiava para o dia seguinte. Dava-me tempo, às vezes desolava-me por vê-lo passar, mas ainda tinha tanta coisa pela frente! No entanto, tinha um pouco de medo e sentia vagamente que o hábito de assim evitar a vontade começava a pesar sobre mim cada vez mais intensamente à medida que os anos passavam, suspeitando tristemente que as coisas não mudariam de repente e que não deveria contar, para transformar minha vida e criar minha vontade, com um milagre que não me custaria esforço algum. Desejar ter vontade não era suficiente. Seria preciso justamente aquilo que eu não podia fazer sem vontade: querer.

III

"E ao vento furibundo da concupiscência
Vossa carne se esgarça qual bandeira
velha."*

BAUDELAIRE

Durante meu décimo sexto ano, passei por uma crise que me deixou adoentada. Para me distrair, iniciaram-me na vida mundana. Alguns jovens adquiriram o hábito de me visitar. Um deles era perverso e mau. Tinha modos suaves e, ao mesmo tempo, ousados. Foi por ele que me apaixonei. Meus pais ficaram sabendo e não apressaram nada para não me fazer sofrer demais. Como passava todo o tempo que não o via pensando nele, acabei me rebaixando ao assemelhar-me a ele o máximo que me era possível. Ele me induziu a fazer o mal quase que de surpresa, depois acostumou-me a deixar surgirem em mim maus pensamentos aos quais não tive vontade a opor, única força capaz de fazê-los voltar à sombra infernal de onde saíam. Quando o amor acabou, o hábito tomara seu lugar e não faltavam jovens imorais para

---
* Tradução de Ivan Junqueira. (N.T.)

explorá-lo. Cúmplices de meus erros, eles também se faziam seus apologistas perante minha consciência. Senti, de início, remorsos atrozes, fiz confissões que não foram compreendidas. Meus companheiros me dissuadiram de insistir junto a meu pai. Lentamente, convenceram-me de que todas as jovens faziam o mesmo e que seus pais apenas fingiam ignorar. As mentiras que eu era constantemente obrigada a dar foram logo ornadas por minha imaginação com simulacros de um silêncio que convinha guardar sobre uma necessidade inelutável. Naquele momento, eu não estava mais vivendo direito; eu sonhava, pensava, ainda sentia.

Para distrair e afastar todos esses maus desejos, comecei a frequentar bastante a sociedade. Seus prazeres áridos me acostumaram a viver em perpétua companhia, e perdi, junto com o gosto pela solidão, o segredo das alegrias que até então a natureza e a arte me haviam proporcionado. Nunca fui a tantos concertos quanto naqueles anos. Nunca, impregnada pelo desejo de ser admirada em camarote elegante, senti menos profundamente a música. Eu ouvia e não escutava nada. Quando por acaso escutava, tinha deixado de perceber tudo o que a música pode desvelar. Meus passeios também foram como que atingidos pela esterilidade. As coisas que outrora bastavam para me tornar feliz pelo dia inteiro, um raio de sol amarelando a grama, o perfume que as folhas molhadas emanam após as últimas gotas de chuva, haviam perdido, como eu, a doçura e a alegria. Os bosques, o céu e as águas pareciam se afastar de mim, e se, sozinha diante deles, eu os interrogasse ansiosamente, eles não mais murmuravam as respostas vagas que antigamente me deleitavam. Os hóspedes divinos anunciados pelas vozes das águas, das folhagens e do céu só aceitam visitar os corações que, habitando em si mesmos, se purificaram.

Foi então que, em busca de um remédio inverso, pois eu não tinha coragem de querer o verdadeiro, que estava tão perto e, ai de mim!, tão longe, dentro de mim mesma, deixei-me novamente levar aos prazeres condenáveis, acreditando estar reanimando a chama apagada pela vida mundana. Em vão. Detida pelo prazer de agradar, a cada dia adiava a decisão definitiva, a escolha, o ato realmente livre, a opção pela solidão. Não renunciava a um desses dois vícios pelo outro. Misturava-os.

O que estou dizendo? Cada um se encarregava de romper todos os obstáculos do pensamento e do sentimento que teriam detido o outro, parecendo chamá-lo. Eu frequentava a sociedade para me acalmar, após um excesso, e cometia outro assim que me acalmava. Foi nessa época terrível, depois da perda da inocência e antes do remorso de hoje, nessa época, entre todas de minha vida, em que tive menos valor, que fui mais apreciada por todos. Haviam-me julgado uma mocinha pretensiosa e louca; agora, ao contrário, as cinzas de minha imaginação estavam ao gosto da sociedade, que se deleitava com elas. Quando cometia para com minha mãe o maior dos crimes, consideravam-me, por causa de meus modos ternamente respeitosos com ela, uma filha exemplar. Depois do suicídio de minha consciência, admiravam minha inteligência, adoravam meu espírito. Minha árida imaginação e minha esgotada sensibilidade bastavam à sede dos mais ávidos de vida espiritual, tanto essa sede era artificial e mentirosa como a fonte onde acreditavam estancá-la! Ninguém, aliás, suspeitava do crime secreto de minha vida, e eu parecia a todos a jovem ideal. Quantos pais não disseram à minha mãe que, se minha situação tivesse sido inferior e eles pudessem ter considerado minha pessoa, não teriam desejado outra mulher para seus filhos! No fundo de minha consciência obliterada, eu experimentava uma vergonha desesperada por esses elogios indevidos; ela não chegava à superfície e eu havia caído tão baixo que tive a indignidade de contá-la rindo aos cúmplices de meus crimes.

IV

"Para quem perdeu o que não se encontra
Jamais... jamais!"

BAUDELAIRE

No inverno de meu vigésimo ano, a saúde de minha mãe, que nunca havia sido vigorosa, ficou muito comprometida. Fui informada de que tinha o coração doente, sem gravidade, aliás, mas que precisava evitar-lhe qualquer preocupação. Um de meus tios contou-me que minha mãe desejava ver-me casada. Um dever específico, importante, apresentava-se a mim. Eu provaria a ela o quanto a amava. Aceitei esse primeiro pedido que minha mãe me transmitiu, aprovando-o e exagerando, assim, na ausência de vontade, a necessidade de obrigar-me a mudar de vida. Meu noivo era justamente o jovem que, por sua extrema inteligência, doçura e energia, podia ter sobre mim a mais favorável influência. Estava, além disso, decidido a morar conosco. Eu não seria separada de minha mãe, o que teria sido, para mim, a pena mais cruel.

Então tomei coragem para contar todos os meus excessos a meu confessor. Perguntei-lhe se devia a mesma confissão a meu noivo. Ele teve a piedade de dissuadir-me disso, mas me fez jurar que nunca mais recairia nos mesmos erros e deu-me a absolvição. As flores tardias que a alegria fez desabrochar em meu coração, que eu julgava estéril para sempre, deram frutos. A graça de Deus, a graça da juventude – em que vemos tantas chagas se fecharem sozinhas pela vitalidade dessa idade – tinham-me curado. Se, como disse Santo Agostinho, é mais difícil voltar a ser casto do que tê-lo sido, conheci então uma virtude difícil. Ninguém duvidava de que eu valia infinitamente mais do que antes e minha mãe beijava todos os dias minha fronte, que nunca havia deixado de acreditar pura, sem saber que fora regenerada. Mais que isso, fizeram-me, naquele momento, críticas injustas a minha atitude distraída, meu silêncio e minha melancolia no mundo. Não me zanguei: o segredo que havia entre mim e minha consciência satisfeita me proporcionava volúpia suficiente. A convalescença de minha alma – que agora sorria-me constantemente com um rosto semelhante ao de minha mãe e fitava-me com ar de terna censura através de suas lágrimas que secavam – tinha um encanto e uma languidez infinitos. Sim, minha alma renascia à vida. Eu não compreendia como havia podido maltratá-la, fazê-la sofrer, quase matá-la. E agradeci a Deus com efusão por tê-la salvado a tempo.

Foi a harmonia dessa alegria profunda e pura com a fresca serenidade do céu que experimentei na noite *em que tudo aconteceu*. A ausência de meu noivo, que fora passar dois dias na casa da irmã, a presença ao jantar do jovem com mais responsabilidade sobre meus erros passados, não projetavam sobre essa límpida noite de maio nem a mais leve tristeza. Não havia uma única nuvem no céu, que se refletia perfeitamente em meu coração. Minha mãe, aliás, como se houvesse ocorrido uma misteriosa solidariedade entre ela e minha alma, embora estivesse numa ignorância absoluta de meus erros, estava quase recuperada. "É preciso poupá-la por quinze dias", havia dito o médico, "depois disso, não haverá mais chance de recaída!" Essas palavras eram para mim a promessa de um futuro de felicidade, cuja doçura me fazia cair em lágrimas. Minha mãe usava, naquela noite, um vestido mais elegante que de costume e, pela primeira vez desde a morte de meu pai, ocorrida havia já dez anos, acrescentara um pouco de malva ao habitual preto. Estava toda confusa por estar vestida como quando era mais jovem, triste e feliz por ter violentado sua dor e seu luto para me agradar e festejar minha alegria. Aproximei de seu busto um cravo rosa que ela primeiro rejeitou, mas que, depois, porque ele vinha de mim, prendeu à roupa com uma mão um pouco hesitante, envergonhada. Quando íamos passar à mesa, puxei para junto de mim, na direção da janela, seu rosto delicadamente apaziguado dos sofrimentos passados e beijei-a com paixão. Enganara-me ao dizer que nunca mais reencontrara a doçura do beijo em Oublis. O beijo daquela noite foi mais doce que qualquer outro. Ou melhor, foi o próprio beijo de Oublis, que, evocado pelo encanto de um momento como aquele, afluiu suavemente das profundezas do passado e veio pousar entre as bochechas ainda um pouco pálidas de minha mãe e meus lábios.

Brindamos a meu casamento iminente. Eu nunca bebia outra coisa além de água, devido à excitação por demais intensa que o vinho causava a meus nervos. Meu tio declarou que eu podia abrir uma exceção a um momento como aquele. Revejo com clareza seu rosto alegre ao dizer essas palavras estúpidas... Meu Deus! Meu Deus! Confessei tudo com tanta calma, serei obrigada a deter-me agora? Não sei mais nada! Sim... Meu tio disse que eu podia, a um momento como aquele, abrir uma exceção. Olhou para mim rindo ao dizer aquilo, bebi com pressa antes de olhar para minha mãe, temendo que me proibisse de fazê-lo. Ela disse delicadamente: "Nunca se deve dar lugar ao mal, por menor que ele seja". Mas o champanhe estava tão fresco que bebi mais dois copos. Minha cabeça ficou muito pesada, eu tanto precisava descansar quanto dissipar meus nervos. Saímos da mesa: Jacques aproximou-se de mim e disse, encarando-me fixamente:

– Venha comigo; gostaria de mostrar-lhe alguns versos que compus.

Seus belos olhos brilhavam suavemente acima das bochechas rosadas, ele arrumou lentamente o bigode com a mão. Compreendi que me perdia e não tive forças para resistir. Disse, toda trêmula:

– Sim, será um prazer.

Foi ao dizer essas palavras, talvez mesmo antes, ao beber o segundo copo de champanhe, que cometi o ato verdadeiramente responsável, o ato abominável. Depois disso, não fiz mais que me deixar levar. Tínhamos fechado as duas portas à chave, e ele, a respiração tocando meu rosto, estreitou-me, as mãos esquadrinhando meu corpo. Então, enquanto o prazer me dominava sempre mais, eu sentia despertar, no fundo de meu coração, uma tristeza e uma desolação infinitas; parecia-me estar fazendo chorar a alma de minha mãe, a alma de meu anjo da guarda, a alma de Deus. Eu nunca conseguira ler sem estremecimentos de horror o relato das torturas que celerados impingem aos animais, às próprias mulheres, aos filhos; eu percebia confusamente, naquele momento, que para todo ato voluptuoso e culpado existe outro tanto de ferocidade no corpo que goza, e que dentro de nós tantas são as boas intenções quantos os anjos puros que são martirizados e choram.

Meus tios logo acabariam o jogo de cartas e voltariam. Chegaríamos antes deles, eu não fraquejaria mais, seria a última vez... Então, acima da lareira, avistei-me no espelho. Toda a difusa angústia de minha alma não estava apenas pintada em meu rosto, todo ele exalava, dos olhos brilhantes às bochechas inflamadas e à boca aberta, uma alegria sensual, estúpida e brutal. Eu pensava no horror de alguém que, tendo-me visto havia pouco beijar minha mãe com melancólica ternura, me visse assim transfigurada em animal. Imediatamente, porém, surgiu no espelho, colada em meu rosto, a boca de Jacques, ávida sob o bigode. Perturbada até o mais fundo de mim mesma, aproximei minha cabeça da sua quando, diante de mim, avistei, sim, estou dizendo como aconteceu, ouçam bem pois posso dizer, na sacada, diante da janela, avistei minha mãe que me encarava atordoada. Não sei se gritou, não ouvi nada, mas caiu para trás e ficou com a cabeça presa entre as duas barras da grade da sacada...

Não é a primeira vez que falo isso; já disse que quase errei, embora tivesse mirado bem, mas atirei mal. No entanto, não conseguiram extrair a bala e as complicações cardíacas tiveram início. A única coisa é que ainda posso ficar assim por mais oito dias e não conseguirei ficar sem pensar sobre o início e sem *ver* o fim. Preferiria que minha mãe me tivesse visto cometer outros crimes, e mesmo este, mas que não tivesse visto a expressão de felicidade em meu rosto no espelho. Não, ela não pôde vê-la... Foi uma coincidência... Ela sofreu uma apoplexia um minuto antes de me avistar... Ela não viu... Não pode ter visto! Deus, que sabia de tudo, não teria permitido.

Um jantar na cidade

> "Mas, Fundânio, quem partilhava convosco da felicidade dessa refeição? Estou ansioso para saber."
>
> Horácio

I

Honoré estava atrasado; deu bom-dia aos donos da casa, aos convidados que conhecia, foi apresentado aos demais e todos passaram à mesa. Ao cabo de alguns instantes, seu vizinho, um homem muito jovem, pediu-lhe que nomeasse e descrevesse os convidados. Honoré nunca o havia encontrado na sociedade. Era muito bonito. A dona da casa a todo momento lançava-lhe olhares ardentes que indicavam muito bem por que o havia convidado e que ele logo faria parte de seu círculo. Honoré sentiu nele uma potência futura, mas por bondade cortês, sem inveja, dispôs-se a responder-lhe. Olhou em volta. À frente, dois homens não se falavam: tinham sido, por desastrada boa intenção, convidados ao mesmo tempo e sentados um ao lado do outro porque ambos ocupavam-se de literatura. Mas a esta primeira razão para se odiarem eles somavam uma mais específica. O mais velho, aparentado – duplamente obcecado – ao sr. Paul Desjardins e ao sr. de Vogüé, afetava um silêncio desdenhoso pelo mais jovem, discípulo preferido do sr. Maurice Barrès, que por sua vez o considerava com ironia. A hostilidade de cada um exagerava, aliás, muito a contragosto, a importância do outro, como se o chefe dos celerados tivesse sido confrontado ao rei dos imbecis. Mais adiante, uma magnífica espanhola comia furiosamente. Naquela noite, sem hesitar e enquanto pessoa séria, ela sacrificara um encontro com probabilidade de alavancar sua carreira mundana para ir jantar numa casa elegante. E, por certo, tinha muitas chances de ter calculado bem. O esnobismo da sra. Fremer com as amigas, e o das amigas com ela, era como uma garantia mútua contra o aburguesamento. Mas o acaso fizera com que a sra. Fremer, justamente naquela noite, colocasse em circulação um estoque de pessoas que não pudera convidar a outros jantares, às quais, por razões diferentes, queria prestar cortesias, e que reunira quase que desordenadamente. Bem que o conjunto era coroado por uma duquesa, mas a espanhola já a conhecia e não tinha mais o que obter dela. Assim, trocava olhares irritados com o marido, de quem sempre se ouvia, nas festas, a voz gutural perguntando sucessivamente e deixando entre cada pedido um intervalo de cinco minutos bem preenchidos por outras amofinações: "Poderia apresentar-me ao duque? Senhor duque, poderia apresentar-me à duquesa? Senhora duquesa, posso apresentar-lhe minha mulher?". Exasperado por estar perdendo seu tempo, mesmo assim se resignara a iniciar uma conversa com o vizinho, o sócio do dono da casa. Fazia mais de um ano que Fremer suplicava à mulher que o convidasse. Ela finalmente cedera e o dissimulara entre o marido da espanhola e um humanista. O humanista, que lia demais, comia demais. Fazia citações e eructações, e esses dois inconvenientes repugnavam também sua vizinha, uma ilustre plebeia, a sra. Lenoir. Ela rapidamente guiara a conversa para as vitórias do príncipe de Buivres em Daomé e dizia com voz enternecida: "O rico rapaz, como fico feliz que honre a família!". De fato, ela era prima dos Buivres, que, todos mais jovens que ela, tratavam-na com a deferência devida à idade, à ligação com a família real, à grande fortuna e à constante esterilidade de seus três casamentos. Ele transferira a todos os Buivres o que podia ter de sentimentos familiares. Sentia uma vergonha pessoal das vilanias daquele que tinha uma tutela judiciária e, em sua fronte bem-pensante, sobre seus bandós orleanistas, usava com naturalidade os louros daquele que era general. Intrusa nessa família até ali tão fechada, tornava-se sua chefe e como que sua viúva. Sentia-se realmente exilada na sociedade moderna, sempre falava com ternura dos "velhos fidalgos de antigamente". Seu esnobismo não passava de imaginação e constituía, aliás, toda a sua imaginação. Os nomes ricos em passado e glória exerciam sobre seu espírito sensível um poder singular, por isso encontrava uma satisfação igualmente desinteressada tanto em jantar com príncipes quanto em ler memórias do Antigo Regime. Sempre com os mesmos cachos, seu penteado era invariável como seus princípios. Seus olhos faiscavam de tolice. Seu rosto sorridente era nobre, sua mímica, excessiva e insignificante. Ela tinha, por fé em Deus, uma mesma agitação otimista às vésperas de uma garden-party ou de uma revolução, com gestos rápidos que pareciam conjurar o radicalismo ou o mau tempo. Seu vizinho, o humanista, falava-lhe com maçante elegância e terrível facilidade de formulação; fazia citações de Horácio para desculpar aos olhos dos outros e poetizar aos seus sua gula e sua embriaguez. Invisíveis rosas antigas, e mesmo assim frescas, cingiam sua fronte estreita. Por igual cortesia, que lhe era fácil porque via nela o exercício de sua autoridade e o respeito, hoje raro, às velhas tradições, a sra. Lenoir dirigia-se a cada cinco minutos ao sócio do sr. Fremer. Este, aliás, não tinha de que se queixar. Do outro lado da mesa, a sra. Fremer fazia-lhe as mais encantadoras lisonjas. Ela queria que aquele jantar contasse por vários anos e, decidida a não convidar aquele penetra por um bom tempo, cobria-o de elogios. O sr. Fremer, por sua vez, trabalhando durante o dia em seu banco e, à noite, arrastado pela mulher à vida mundana ou retido em casa quando recebiam, sempre disposto a devorar tudo, sempre amordaçado, acabava mantendo, nas circunstâncias mais indiferentes, uma expressão entre a irritação surda, a resignação carrancuda, a exasperação contida e o embrutecimento profundo. Naquela noite, porém, era substituída por uma cordial satisfação no rosto do financista toda vez que seu olhar cruzava com o do sócio. Embora não pudesse suportá-lo no comum da vida, sentia por ele afeições fugidias, mas sinceras, não porque facilmente o ofuscava com seu luxo, mas devido à mesma fraternidade indefinida que nos comove, no estrangeiro, ante a visão de um francês, mesmo odioso. Ele, tão violentamente arrancado a cada noite de seus hábitos, tão injustamente privado do repouso que merecia, tão cruelmente desenraizado, sentia um laço, habitualmente detestado, mas forte, que enfim o prendia a alguém e o prolongava, para fazê-lo sair de seu feroz e desesperado isolamento. Na frente dele, a sra. Fremer mirava nos olhos encantados dos convivas sua beleza loura. A dupla reputação que a cercava era um prisma enganador por meio do qual todos tentavam distinguir seus verdadeiros traços. Ambiciosa, intrigante, quase aventureira, no dizer das finanças, que havia abandonado por destinos mais brilhantes, ela parecia, ao contrário, aos olhos da aristocracia e da família real que havia conquistado como um espírito superior, um anjo de doçura e virtude. De resto, não havia esquecido os antigos amigos mais humildes, lembrava-se deles principalmente quando estavam doentes ou de luto, circunstâncias comoventes em que, aliás, como não se frequenta a sociedade, não é possível queixar-se de não ser convidado. Era assim que determinava o alcance dos impulsos de sua caridade e, nas conversas com os parentes ou com os padres nas cabeceiras dos moribundos, vertia lágrimas sinceras, matando um a um o remorso que sua vida fácil demais inspirava a seu coração escrupuloso.

Mas a convidada mais amável era a jovem duquesa de D., cujo espírito alerta e claro, jamais inquieto ou perturbado, contrastava tão estranhamente com a incurável melancolia de seus belos olhos, o pessimismo de seus lábios, a infinita e nobre lassidão de suas mãos. Essa enérgica amante da vida sob todas as suas formas, altruísmo, literatura, teatro, ação, amizade, mordia, sem machucá-los, qual flor desdenhada, seus belos lábios vermelhos, em que um sorriso desencantado erguia discretamente os cantos. Seus olhos pareciam prometer um espírito para sempre mergulhado nas águas doentes do lamento. Quantas vezes, na rua, no teatro, passantes distraídos não haviam despertado o sonho desses astros cambiantes! Agora a duquesa, que se lembrava de um vaudeville ou combinava roupas, continuava alongando tristemente suas nobres falanges resignadas e pensativas, e passeava ao redor olhos desesperados e profundos que afogavam os convivas impressionáveis sob as torrentes de sua melancolia. Sua conversa requintada ornava-se negligentemente com as elegâncias cansadas e tão encantadoras de um ceticismo já antigo. Acabara de haver uma discussão e essa pessoa, tão absoluta na vida, que acreditava haver uma única maneira de se vestir, repetia a cada um: "Mas por que não se pode dizer tudo, pensar tudo? Posso ter razão, o senhor também. Como é terrível e mesquinho ter uma opinião". Seu espírito não era como seu corpo, trajado na última moda, e ela zombava com naturalidade dos simbolistas e dos crentes. Mas seu espírito era como essas mulheres charmosas que são suficientemente bonitas e intensas para agradar mesmo vestindo velharias. Talvez fosse, aliás, afetação intencional. Algumas ideias cruas demais teriam apagado seu espírito, como certas cores que ela proibia à própria tez.

A seu belo vizinho, Honoré fizera dessas diferentes figuras um esboço rápido e tão favorável que, apesar das profundas diferenças, todas pareciam iguais, a brilhante sra. de Torreno, a espiritual duquesa de D., a bela sra. Lenoir. Ele negligenciara seu único traço em comum, ou melhor, a mesma folia coletiva, a mesma epidemia reinante que afetava a todos, o esnobismo. Ainda assim, dependendo de suas naturezas, este os afetava de formas bastante diferentes e havia uma grande distância entre o esnobismo imaginativo e poético da sra. Lenoir e o esnobismo conquistador da sra. de Torreno, ávida como um funcionário que quer chegar às primeiras posições. E, no entanto, essa terrível mulher era capaz de se reumanizar. O vizinho acabava de dizer-lhe que admirara no parque Monceau sua netinha. Ela imediatamente rompeu o silêncio indignado. Sentiu pelo obscuro contador uma simpatia reconhecida e pura que talvez fosse incapaz de sentir por um príncipe, e agora eles conversavam como dois velhos amigos.

A sra. Fremer presidia as conversas com visível satisfação, causada pela sensação de estar realizando uma importante missão.

Acostumada a apresentar os grandes escritores às duquesas, ela parecia, a seus próprios olhos, uma espécie de onipotente ministro das Relações Exteriores, que mesmo seguindo o protocolo manifestava um espírito soberano. Do mesmo modo que o espectador que vai fazer a digestão no teatro vê como abaixo de si, porque os julga, artistas, público, autor, regras da arte dramática, engenharia. A conversa seguia, aliás, numa cadência bastante harmoniosa. Havia-se chegado ao momento dos jantares em que os vizinhos tocam o joelho das vizinhas ou interrogam-nas sobre suas preferências literárias, dependendo dos temperamentos e da educação, principalmente dependendo da vizinha. Por um momento, um obstáculo pareceu inevitável. O belo vizinho de Honoré, com a imprudência da juventude, tentara insinuar que na obra de Heredia talvez houvesse mais pensamento do que em geral se admitia, os convivas perturbados em seus hábitos mentais tornaram-se taciturnos. Mas como a sra. Fremer imediatamente exclamou "Ao contrário, não passam de camafeus admiráveis, de vernizes suntuosos, de ourivesarias sem defeito", o ânimo e a satisfação voltaram a todos os rostos. Uma discussão sobre os anarquistas foi mais séria. Mas a sra. Fremer, como que se inclinando com resignação diante da fatalidade de uma lei natural, disse lentamente: "Qual o ponto de tudo isso? Sempre haverá ricos e pobres". E todas aquelas pessoas, das quais a mais pobre tinha no mínimo cem mil libras de renda, admiradas por aquela verdade, libertadas de seus escrúpulos, esvaziaram com cordial alegria suas últimas taças de champanhe.

II

Depois do jantar

Honoré, sentindo que a mistura de vinhos deixara-o um pouco tonto, partiu sem se despedir, pegou o sobretudo no andar de baixo e começou a descer a pé os Champs-Élysées. Sentia-se extremamente feliz. As barreiras de impossibilidade que fecham a nossos desejos e a nossos sonhos o campo da realidade estavam abertas e seu pensamento circulava alegremente pelo irrealizável, exaltando-se com seu próprio movimento.

As misteriosas avenidas que existem entre cada ser humano, e no fundo das quais talvez a cada anoitecer se ponha um sol insuspeito de alegria ou desolação, atraíam-no. Cada pessoa em quem pensava logo se tornava irresistivelmente simpática, ele pegava sucessivamente as ruas onde podia esperar encontrar cada uma e, se suas previsões tivessem se realizado, teria abordado o desconhecido ou o indiferente sem medo, com um suave estremecimento.

Com a queda de um cenário erguido perto demais, a vida estendia-se bem longe à frente, com todo o encanto de sua novidade e de seu mistério, em paisagens amigas e convidativas. E o lamento de que aquela fosse a miragem ou a realidade de uma única noite o desesperava, nunca mais faria outra coisa além de jantar e beber tão bem, para rever coisas tão belas. Sofria apenas por não poder chegar imediatamente a todas as paisagens dispostas aqui e ali no infinito de sua perspectiva, longe dele. Ficou então impressionado com o som de sua voz um pouco pastosa e exagerada que repetia havia quinze minutos: "A vida é triste, que idiotice" (a última palavra era enfatizada por um gesto seco do braço direito e ele observou o brusco movimento de sua bengala). Ele pensou com tristeza que essas palavras mecânicas eram uma tradução bastante banal de visões que, pensava ele, talvez não fossem exprimíveis.

"Que lástima! Por certo somente a intensidade de meu prazer ou de meu lamento é centuplicada, mas o conteúdo intelectual continua o mesmo. Minha felicidade é concisa, pessoal, intraduzível a outros, e se eu escrevesse nesse momento meu estilo teria as mesmas qualidades, os mesmos defeitos, que lástima!, a mesma mediocridade que de costume." Mas o bem-estar físico que sentia impediu-o de pensar naquilo por mais tempo e deu-lhe imediatamente o consolo supremo, o esquecimento. Havia chegado aos bulevares. Pessoas passavam, a quem ele oferecia sua simpatia, certo de reciprocidade. Sentia-se o glorioso centro das atenções; abriu o paletó para que vissem a brancura de sua roupa, que lhe convinha, e o cravo vermelho escuro de sua lapela. Assim oferecia-se à admiração dos passantes, à ternura da qual mantinha com eles voluptuoso comércio.

O FIM DO CIÚME

I

"Dá-nos os bens que pedimos e os que não pedimos, e afasta de nós os males, mesmo se os pedirmos." – "Esta oração me parece bela e segura. Se encontrares nela alguma coisa a criticar, não o escondas."

PLATÃO

– Minha arvorezinha, meu burrinho, minha mãe, meu irmão, meu país, meu pequeno Deus, meu pequeno estrangeiro, meu pequeno lótus, minha conchinha, meu querido, minha plantinha, vá embora, deixe eu me vestir e irei a seu encontro na rua de La Baume, às oito horas. Por favor, não chegue depois das oito e quinze, pois estou com muita fome.

Ela quis fechar a porta do quarto na cara de Honoré, mas ele ainda disse "Pescoço!" e ela imediatamente esticou o pescoço com docilidade e zelo exagerados que o fizeram cair na gargalhada:

– Mesmo que não queiras – ele disse–, existem entre teu pescoço e minha boca, entre tuas orelhas e meu bigode, entre tuas mãos e minhas mãos, pequenas amizades particulares. Tenho certeza de que não acabariam se não nos amássemos mais, assim como não posso, desde que estou em maus termos com minha prima Paule, impedir meu criado de ir todas as noites conversar com a camareira dela. É por conta própria e sem meu consentimento que minha boca procura teu pescoço.

Estavam agora a um passo um do outro. De repente, seus olhares se cruzaram e cada um tentou fixar nos olhos do outro a ideia de que se amavam; ela ficou um segundo assim, de pé, depois deixou-se cair numa cadeira, ofegante, como se tivesse acabado de correr. E disseram-se quase ao mesmo tempo, com séria exaltação, articulando bem os lábios, como num beijo:

– Meu amor!

Ela repetiu, num tom magoado e triste, balançando a cabeça:

– Sim, meu amor.

Ela sabia que ele não podia resistir àquele pequeno meneio de sua cabeça. Ele se jogou sobre ela, beijando-a, e chamou-a de "Malvada!" tão lenta e ternamente que os olhos dela se umedeceram.

Soaram sete e meia. Ele se foi.

Chegando em casa, Honoré repetia consigo mesmo: "Minha mãe, meu irmão, meu país". Deteve-se, "sim, meu país!... Minha conchinha, minha arvorezinha", e não pôde conter o riso ao pronunciar aquelas palavras que eles tão rapidamente haviam tornado suas, palavrinhas que podiam parecer vazias, mas que eles enchiam com um sentido infinito. Entregando-se sem pensar ao gênio inventivo e fecundo de seu amor, tinham-se pouco a pouco visto dotados por ele de uma linguagem própria, assim como um povo é dotado de armas, jogos e leis.

Enquanto vestia-se para o jantar, seu pensamento prendia-se sem esforço ao momento em que voltaria a vê-la, como um ginasta que já toca o trapézio ainda distante para o qual alça voo, ou como uma frase musical que parece chegar ao acorde que a resolve e atrai, apesar de toda a distância que os separa, pela própria força do desejo que a promete e chama. Era assim que Honoré atravessava rapidamente a vida havia um ano, apressando-se da manhã até a hora da tarde em que a veria. E seus dias, na realidade, não eram compostos por doze ou catorze horas diferentes, mas por quatro ou cinco meias horas, pela espera ou lembrança delas.

Honoré chegara havia alguns minutos à casa da princesa de Alériouvre quando a sra. Seaune entrou. Ela cumprimentou a dona da casa e os diversos convidados e pareceu menos dizer boa-noite a Honoré do que pegar sua mão como durante uma conversa. Se a ligação entre os dois fosse conhecida, seria possível acreditar que tinham chegado juntos e que ela havia esperado alguns instantes à porta para não entrar ao mesmo tempo que ele. Mas eles poderiam não se ver por dois dias (o que não acontecera nenhuma vez em um ano) que não sentiriam essa feliz surpresa do reencontro que está no fundo de toda saudação amigável, pois, não podendo ficar cinco minutos sem pensar um no outro, não podiam se reencontrar porque nunca se separavam.

Durante o jantar, a cada vez que se falavam, suas maneiras excediam em vivacidade e doçura as de uma amiga e um amigo, mas estavam impregnadas de um respeito majestoso e natural que amantes não conheciam. Assemelhavam-se, assim, aos deuses que a lenda diz terem vivido disfarçados entre os homens, ou a dois anjos cuja familiaridade fraterna exalta a alegria mas não diminui o respeito que lhes inspira a nobreza comum de sua origem e de seu sangue misterioso. Ao mesmo tempo que emanava a intensidade dos íris e das rosas que reinavam languidamente sobre a mesa, o ar aos poucos se impregnava do aroma da ternura que Honoré e Françoise naturalmente exalavam. Em certos momentos, ele parecia perfumar-se com uma violência ainda mais deliciosa do que sua habitual doçura, violência que a natureza não lhes permitira moderar, como o heliotrópio ao sol ou, sob a chuva, o lilás em flor.

Era assim que, sem ser secreta, a afeição entre os dois era ainda mais misteriosa. Todos podiam abordá-la como braceletes impenetráveis e fechados nos pulsos de uma apaixonada, com uma inscrição em caracteres desconhecidos e visíveis do nome que a faz viver ou morrer e que parece oferecer seu significado aos olhos curiosos e decepcionados que não podem apreendê-lo.

"Por quanto tempo ainda a amarei?", perguntava-se Honoré ao sair da mesa. Lembrava-se de todas as paixões que, ao nascer, acreditara imortais e que haviam durado pouco, e a certeza de que esta um dia acabaria sombreava o seu afeto.

Então lembrou-se de que naquela mesma manhã, à missa, enquanto o padre, lendo o Evangelho, dizia "Jesus, estendendo a mão, disse-lhes: esse homem é meu irmão, minha mãe e todas as pessoas de minha família", ele por um instante elevara a Deus toda a sua alma, trêmulo, mas muito alto, como uma palma, e rogara: "Deus! Deus! Conceda-me a graça de amá-la para sempre. Deus, essa é a única graça que peço, faça, meu Deus que tudo pode, com que eu a ame para sempre!".

Agora, durante aquela hora inteiramente física em que a alma se apaga por trás do estômago que digere, da pele que goza de uma ablução recente e de uma toalha macia, da boca que fuma, dos olhos que se fartam com ombros desnudos e jogos de luzes, ele repetia sua oração com mais indolência, duvidando que um milagre viesse perturbar a lei psicológica de sua inconstância, tão impossível de romper quanto as leis físicas da gravidade e da morte.

Ela viu seus olhos preocupados, levantou-se e, passando por ele, que não a vira porque estavam um tanto longe um do outro, disse-lhe no tom arrastado, choroso e de criança pequena que sempre o fazia rir, como se ele tivesse acabado de dirigir-se a ela:

– O quê?

Ele começou a rir e disse:

– Não diga mais nada senão vou beijá-la, está me ouvindo? Vou beijá-la na frente de todo mundo!

Ela riu, depois retomou o ar triste e descontente, para diverti-lo:

– Sim, sim, que bom. Você não estava pensando nadinha em mim!

E ele, rindo, olhou para ela e respondeu:

– Mas que mentira! – e acrescentou, com doçura: – Malvada! Malvada!

Ela o deixou e foi conversar com os outros. Honoré pensava: "Tentarei, quando sentir meu coração desprendendo-se dela, retê-la tão suavemente que nem perceberá. Continuarei terno, respeitoso. Esconderei dela o novo amor que terá substituído em meu coração o amor por ela, tão cuidadosamente quanto hoje lhe escondo os prazeres que, sozinho, meu corpo experimenta aqui e ali sem ela". (Ele voltou os olhos para a princesa de Alériouvre.) De sua parte, aos poucos deixaria que ela fixasse sua vida alhures, em outros afetos. Não seria ciumento, ele próprio designaria aqueles que lhe parecessem poder prestar-lhe uma homenagem mais decente ou mais gloriosa. Quanto mais imaginava em Françoise outra mulher, a quem não amaria, mas de quem apreciaria sensatamente todos os encantos espirituais, mais a partilha lhe parecia nobre e fácil. Palavras de amizade tolerante e doce, de bela caridade aos mais dignos daquilo que temos de melhor, vinham afluir frouxamente a seus lábios descontraídos.

Nisso, Françoise, ao ver que eram dez horas, despediu-se e partiu. Honoré acompanhou-a até o carro, beijou-a imprudentemente na escuridão e voltou.

Três horas depois, Honoré ia embora a pé com o sr. de Buivres, cujo retorno de Tonkin fora festejado naquela noite. Honoré interrogou-o sobre a princesa de Alériouvre, que, tendo enviuvado mais ou menos na mesma época, era muito mais bonita que Françoise. Honoré, sem estar apaixonado, sentiria um grande prazer em possuí-la se pudesse ter a certeza de fazê-lo sem que Françoise descobrisse e ficasse magoada.

– Pouco se sabe sobre ela – disse o sr. de Buivres –, ou ao menos não se sabia quando viajei, pois desde que voltei não me encontrei com ninguém.

– Enfim, ninguém muito fácil essa noite – concluiu Honoré.

– Não, não muito – respondeu o sr. de Buivres. E como Honoré havia chegado à porta de sua casa, a conversa estava a ponto de se encerrar quando o sr. de Buivres acrescentou:
– Com exceção da sra. Seaune, a quem o senhor deve ter sido apresentado, pois estava no jantar. Se tiver vontade, é muito fácil. Mas a mim ela não diria isso!

– Mas nunca ouvi falar disso que o senhor está dizendo – afirmou Honoré.

– O senhor é jovem – respondeu Buivres –, mas, ouça, havia essa noite alguém que já foi muito bem recompensado, acho que é incontestável, e foi aquele pequeno François de

Gouvres. Diz que ela tem um temperamento! Mas parece que não é bem-feita. Ele não quis continuar. Aposto que agora mesmo ela está fazendo a festa em algum lugar. O senhor percebeu que sempre se despede cedo?

– No entanto, desde que ficou viúva ela mora na mesma casa que o irmão, e não correria o risco de que o zelador contasse que volta tarde.

– Mas, meu jovem, entre dez horas e uma hora da manhã há tempo para se fazer muita coisa! Ademais, o que sabemos? Mas é quase uma hora, devo deixá-lo dormir.

Ele mesmo apertou a campainha; pouco depois, a porta se abriu; Buivres estendeu a mão a Honoré, que lhe disse adeus maquinalmente, entrou, sentiu-se invadido pela extrema necessidade de voltar a sair, mas a porta se fechara pesadamente atrás dele e, com exceção do castiçal que o aguardava queimando com impaciência ao pé da escada, não havia mais luz alguma. Ele não ousou acordar o zelador para pedir que abrisse a porta e subiu a seu apartamento.

II

"Nossas ações são nossos anjos bons e maus, as sombras fatais que caminham a nosso lado."

Beaumont e Fletcher

A vida mudara bastante para Honoré desde o dia em que o sr. de Buivres fizera, entre tantos outros, aqueles comentários – similares aos que o próprio Honoré escutara ou pronunciara tantas vezes com indiferença –, que ele já não cessava, durante o dia quando estava só, e toda noite, de ouvir. Logo fizera algumas perguntas a Françoise, que o amava e sofria demais com sua mágoa para pensar em ofender-se; ela jurara-lhe que nunca o enganara e que nunca o enganaria.

Quando estava com ela, quando segurava suas mãozinhas, às quais dizia, repetindo os versos de Verlaine,

Belas mãozinhas que fecharão meus olhos,

quando a ouvia dizer "Meu irmão, meu país, meu bem-amado", e quando a voz dela se prolongava indefinidamente em seu coração com a suavidade natal dos sinos, acreditava nela; e, embora não se sentisse tão feliz quanto antigamente, ao menos não lhe parecia impossível que seu coração convalescente um dia reencontrasse a felicidade. Mas quando estava longe de Françoise, às vezes também perto dela, quando via seus olhos brilharem com o fogo que imediatamente imaginava aceso em tempos passados – quem sabe, talvez ontem, bem como amanhã –, acesos por outro; quando, tendo acabado de ceder ao desejo apenas físico por outra mulher, e recordando-se quantas vezes havia cedido e conseguido mentir a Françoise sem deixar de amá-la, não achava mais absurdo supor que ela também mentia, que não era necessário não amar para mentir, e que antes de conhecê-lo ela se atirara nos braços de outros com o mesmo ardor que agora o inflamava – e que lhe parecia mais terrível que o ardor que ele despertava nela, mais doce, porque a via com a imaginação, que tudo amplifica.

Então, tentou dizer-lhe que a enganara; não por vingança ou necessidade de fazê-la sofrer como ele, mas para que, em troca, ela também lhe dissesse a verdade, e principalmente para não sentir mais a mentira dentro de si, para expiar os excessos de sua sensualidade, já que, ao criar um objeto para o seu ciúme, por momentos parecia-lhe que era sua própria mentira e sua própria sensualidade que ele projetava em Françoise.

Foi numa noite, passeando pela avenida dos Champs-Élysées, que tratou de dizer-lhe que a enganara. Ficou assustado ao vê-la empalidecer, cair sem forças num banco, mas muito mais quando ela afastou, sem raiva e com suavidade, num abatimento sincero e desolado, a mão que ele aproximava dela. Durante dois dias, acreditou tê-la perdido, ou melhor, tê-la reencontrado. Mas essa prova involuntária, rutilante e triste que ela acabava de dar de seu amor não bastava para Honoré. Tivesse ele obtido a impossível certeza de que ela nunca fora senão sua, o sofrimento inaudito que seu coração conhecera na noite em que o sr. de Buivres o reconduzira até sua porta, não um sofrimento igual, ou a lembrança desse sofrimento, mas aquele mesmo sofrimento não teria cessado de lhe doer, ainda que ficasse demonstrado que era infundado. Da mesma forma, ainda trememos ao acordar com a lembrança do assassino que reconhecemos, por ilusão de um sonho; da mesma forma, os amputados sofrem a vida toda a perna que já não têm.

Em vão, durante o dia, ele caminhara, cansara-se a cavalo, de bicicleta, nas armas, em vão encontrara Françoise, acompanhara-a até a casa dela, e, à noite, adivinhara em suas mãos, em seu rosto, em seus olhos, a confiança, a paz, uma doçura de mel, para voltar para casa ainda pacificado e nutrido pela fragrante provisão; assim que voltou, começou a ficar inquieto, foi logo para a cama para dormir antes que se alterasse a felicidade que, deitada com precaução em meio ao bálsamo desse afeto recente e ainda fresco de uma hora atrás, atravessaria a noite até o dia seguinte, intacta e gloriosa como uma princesa egípcia; mas ele sentia que as palavras de Buivres, ou todas as inúmeras imagens que ele criara desde então, surgiriam em seus pensamentos e que, então, seria impossível dormir. A imagem ainda não aparecera, mas ele a sentia pronta e, retesando-se contra ela, acendia a vela, lia, esforçava-se para preencher a mente com o sentido das frases que lia, sem trégua e sem vazios, para que a terrível imagem não tivesse sequer um instante ou espaço para se formar.

Subitamente, porém, deparava-se com ela e não conseguia mais fazê-la sair; a porta de sua atenção, que mantinha fechada com todas as suas forças esgotadas, havia sido aberta de surpresa; ela se fechara sobre si mesma e ele iria passar toda a noite com essa companheira terrível. Então não havia dúvida, era o fim, naquela noite como nas outras ele não conseguiria dormir por um minuto; pois bem, recorria ao frasco de Bromidia, bebia três colheradas e, certo de que agora dormiria, assustado em pensar que não poderia fazer outra coisa além de dormir, o que quer que acontecesse, voltava a pensar em Françoise com temor, com desespero, com ódio. Ele queria, tirando proveito de que sua relação com ela era ignorada, fazer apostas sobre sua virtude com outros homens, atirá-las na cara dela, ver se ela cederia, tratar de descobrir alguma coisa, de saber tudo, esconder-se num quarto (lembrava-se de ter feito isso mais jovem, para se divertir) e ver tudo. Ele não reagiria, primeiro por causa dos outros, pois faria perguntas com ar de zombaria – sem isso, que escândalo! Quanta raiva! –, mas principalmente por causa dela, para ver se no dia seguinte, quando perguntasse "Você nunca me traiu?", ela responderia "Nunca" com o mesmo ar apaixonado. Talvez confessasse tudo e, de fato, não sucumbisse sem esses artifícios. Então esta teria sido a operação salutar depois da qual seu amor seria curado da doença que o matava, assim como a doença do parasita mata a árvore (bastava que se olhasse no espelho fracamente iluminado pela vela noturna para ter certeza disso). Mas não, pois a imagem voltaria sempre; quão mais forte do que as de sua imaginação e com que peso incalculável sobre sua pobre cabeça ele nem tentava conceber.

Então, subitamente, pensava nela, em sua doçura, em seu afeto, em sua pureza, e queria chorar pelo ultraje que por um segundo cogitara fazê-la sofrer. Apenas ante a ideia de propor isso aos camaradas de festa!

Logo sentia o calafrio geral, a fraqueza que precede em alguns minutos o sono provocado pelo Bromidia. De repente, sem discernir coisa alguma, sem nenhum sonho, sem nenhuma sensação entre o último pensamento e este, dizia para si mesmo: "Mas como, ainda não dormi?". Vendo, porém, que amanhecera, compreendia que por mais de seis horas o sono do Bromidia o dominara sem que ele o saboreasse.

Esperava que suas dores de cabeça se abrandassem um pouco para se levantar e tentava em vão, com água fria e uma caminhada, recuperar algumas cores, para que Françoise não o achasse feio demais com o rosto pálido, os olhos fundos. Ao sair de casa, ia à igreja e, ali, curvado e cansado, com todas as derradeiras forças desesperadas de seu corpo enfraquecido que queria reerguer-se e rejuvenescer, com o coração doente e envelhecido que queria sarar, com a mente, sem trégua assediada e arquejante, que queria a paz, rogava a Deus, Deus para quem havia apenas dois meses pedia a graça de amar Françoise para sempre, rogava a Deus, agora, com a mesma força, sempre com a força desse amor que outrora, com a certeza de morrer, pedia para viver, e que agora, temendo viver, implorava para morrer, rogava a graça de não amar Françoise, de não amá-la por muito mais tempo, de não amá-la para sempre, de fazer com que enfim pudesse imaginá-la nos braços de outro sem sofrer, visto que só conseguia imaginá-la nos braços de outro. E quem sabe não a imaginasse assim se pudesse imaginá-la sem sofrer.

Então recordava como havia temido não amá-la para sempre, como gravava na própria mente suas bochechas sempre entregues a seus lábios, sua testa, suas mãozinhas, seus olhos graves, seus traços adorados, para que nada pudesse apagá-los. E de repente, percebendo-os despertados de sua calma tão doce pelo desejo de outro, queria parar de pensar neles, mas revia apenas com mais obstinação suas bochechas entregues, sua testa, suas mãozinhas – ah! suas mãozinhas, até elas! –, seus olhos graves, seus traços detestados.

A partir desse dia, espantado consigo mesmo por entrar nessa via, não abandonou mais Françoise, espiando sua vida, acompanhando-a em suas visitas, seguindo-a em suas compras, esperando uma hora na porta das lojas. Se tivesse sido capaz de pensar que assim a impedia materialmente de traí-lo, sem dúvida teria desistido, temendo que o tomasse em aversão; mas ela o deixava agir com tanta alegria, por senti-lo sempre perto de si, que essa alegria aos poucos o invadiu e lentamente o encheu de uma confiança, uma certeza que nenhuma prova material poderia dar, como os loucos que às vezes conseguem se curar ao serem levados a tocar a poltrona ou a pessoa viva que ocupam o lugar onde eles acreditavam haver um fantasma e, com isso, expulsam o fantasma do mundo real com a própria realidade, que não lhe dá mais lugar.

Honoré esforçava-se assim, iluminando e preenchendo em sua mente todos os dias de Françoise com ocupações precisas, para suprimir os vazios e as sombras onde vinham emboscar-se os maus espíritos do ciúme e da dúvida que o atormentavam todas as noites. Ele voltou a poder dormir, seus sofrimentos se tornaram mais raros, mais breves e, se então a chamasse, alguns instantes de sua presença acalmavam-no por toda a noite.

III

"Devemos entregar-nos à alma até o fim; pois coisas tão belas e tão magnéticas quanto as relações do amor só podem ser suplantadas e substituídas por coisas mais belas e de grau mais elevado."

EMERSON

O salão da sra. Seaune, nascida princesa de Galaise-Orlandes, a quem nos referimos na primeira parte desta história por seu prenome, Françoise, é ainda hoje um dos salões mais concorridos de Paris. Numa sociedade em que um título de duquesa a teria confundido com tantas outras, seu sobrenome burguês se distingue como uma pinta num rosto, e em troca do título perdido pelo casamento com o sr. Seaune ela adquiriu o prestígio de ter voluntariamente renunciado a uma glória que tanto eleva, para uma imaginação bem-nascida, os pavões albinos, os cisnes negros, as violetas brancas e as rainhas cativas.

A sra. Seaune recebeu muito nesse ano e no ano passado, mas seu salão esteve fechado nos três anos anteriores, ou seja, nos que se seguiram à morte de Honoré de Tenvres.

Os amigos de Honoré, que se alegravam de aos poucos vê-lo recuperar a boa aparência e a alegria de outrora, agora o encontravam a toda hora com a sra. Seaune e atribuíam sua recuperação a essa ligação, que julgavam muito recente.

Foi apenas dois meses após o restabelecimento completo de Honoré que ocorreu o acidente na avenida do Bois de Boulogne, no qual ele teve as duas pernas quebradas por um cavalo descontrolado.

O acidente aconteceu na primeira terça-feira de maio; a peritonite foi declarada no domingo. Honoré recebeu os sacramentos na segunda-feira e morreu no mesmo dia, às seis horas da tarde. Mas entre a terça-feira, dia do acidente, e o domingo à noite, ele foi o único a acreditar que estava perdido.

Na terça-feira, por volta das seis horas, depois dos primeiros curativos, pediu para ficar sozinho, mas que lhe trouxessem os cartões de visita das pessoas que foram pedir notícias suas.

Naquela mesma manhã, no máximo oito horas antes, descera a pé a avenida do Bois de

Boulogne. Inspirara e exalara alternadamente o ar temperado de brisa e sol, reconhecera, no fundo dos olhos das mulheres que seguiam com admiração sua beleza veloz, um instante perdido nos rodeios de sua caprichosa satisfação e depois alcançado sem esforço, logo ultrapassado entre os cavalos a galope e fumegantes, experimentado no frescor de sua boca esfomeada e aspergida de ar doce, reconhecera a mesma alegria profunda que naquela manhã embelezava a vida com o sol, a sombra, o céu, as pedras, o vento leste e as árvores, árvores tão majestosas quanto homens eretos, tão serenas quanto mulheres adormecidas em suas resplandecentes imobilidades.

Em dado momento, olhara as horas, voltara sobre seus passos e então... então acontecera. Em um segundo, o cavalo que ele não vira quebrou-lhe as pernas. Esse segundo não lhe pareceu nem um pouco dever ter sido necessariamente como foi. Nesse mesmo segundo ele poderia ter estado um pouco mais longe, ou um pouco menos, ou o cavalo poderia ter sido desviado, ou, se estivesse chovendo, ele teria voltado mais cedo para casa, ou, se não tivesse olhado as horas, não teria voltado sobre seus passos e teria seguido até a cascata. Contudo, aquilo que poderia muito bem não ter acontecido e que ele podia fingir por um instante que não passava de um sonho, era uma coisa real, fazia agora parte de sua vida, sem que sua vontade pudesse mudar coisa alguma. Tivera as duas pernas quebradas e o ventre esmagado. Oh! O acidente em si não fora tão extraordinário; ele se lembrava de que havia menos de oito dias, durante um jantar na casa do doutor S., falara-se de C., que fora machucado da mesma maneira, por um cavalo descontrolado. O doutor, como pedissem notícias dele, respondera: "Seu caso é grave". Honoré insistira, indagara sobre o ferimento, e o doutor respondera com ar importante, pedante e melancólico: "Mas não é apenas o ferimento; é todo um conjunto; os filhos o preocupam; ele não goza mais da mesma condição de antigamente; os ataques dos jornais foram um golpe para ele. Gostaria de estar errado, mas seu estado é deplorável". Assim, como o doutor por sua vez se sentisse, ao contrário, num excelente estado, mais saudável, mais inteligente e mais renomado que nunca, como Honoré soubesse que Françoise o amava cada vez mais, que a sociedade aceitara a ligação entre eles e curvava-se não menos diante da felicidade dos dois que diante da grandeza do caráter de Françoise, como, enfim, a mulher do doutor S., comovida ao imaginar o fim miserável e o abandono de C., proibisse, por higiene, a ele mesmo e aos filhos, tanto pensar em acontecimentos tristes quanto assistir a enterros, todos repetiram, uma última vez, "Pobre C., seu caso é grave", tomando uma última taça de champanhe e sentindo, diante do prazer experimentando em bebê-la, que o "caso" deles era excelente.

Mas não era absolutamente a mesma coisa. Honoré, sentindo-se submergido pela ideia de seu infortúnio, como tantas vezes o fora pela ideia do infortúnio dos outros, não conseguia mais tomar pé de si mesmo como antes. Sentia abrindo-se sob seus passos o chão da saúde sobre o qual brotam nossas mais elevadas resoluções e mais graciosas alegrias, como na terra preta e molhada fixam suas raízes os carvalhos e as violetas; e tropeçava em si mesmo a cada passo. Ao falar de C. naquele jantar no qual voltava a pensar, o doutor havia dito: "Antes do acidente e depois dos ataques dos jornais encontrei-me com C., achei-o com o semblante amarelo, os olhos fundos, uma aparência horrível!". E o doutor passara a mão, de célebres habilidade e beleza, sobre o rosto rosado e cheio, ao longo da barba fina e bem cuidada, e cada um imaginara com prazer a própria boa aparência, como um proprietário que se detém olhando com satisfação para o locatário, jovem ainda, tranquilo e rico. Honoré, agora, olhando-se no espelho, ficava assustado com seu "semblante amarelo" e sua "aparência horrível". Imediatamente, a ideia de que o doutor usaria a seu respeito as mesmas palavras que para C., com a mesma indiferença, assustou-o. Os mesmos que viriam até ele cheios de piedade se afastariam com pressa, como de um objeto perigoso para eles; acabariam por obedecer aos protestos de suas saúdes, de seus desejos de serem felizes e de viver. Então seu pensamento o transportou até Françoise e, arqueando os ombros, baixando a cabeça inconscientemente, como se o mandamento de Deus estivesse ali, erguido contra ele, compreendeu com uma tristeza infinita e submissa que deveria renunciar a ela. Teve a sensação da humildade de seu corpo curvado em sua fragilidade de criança, com sua resignação de doente, sob essa tristeza imensa, e teve pena de si mesmo, como muitas vezes, com toda a distância de uma vida inteira, enternecido vislumbrara-se bem pequenino, e teve vontade de chorar.

Ouviu baterem à porta. Traziam-lhe os cartões de visita solicitados. Sabia que viriam pedir notícias suas, pois não ignorava que seu acidente fora grave, mas mesmo assim não pensou que haveria tantos e ficou assustado ao descobrir que tantas pessoas tinham vindo, pessoas que o conheciam muito pouco e que só se incomodariam com seu casamento ou com seu enterro. Havia um monte de cartões e o zelador os carregava com cuidado, para que não caíssem da grande bandeja de onde extravasavam. De repente, porém, quando teve os cartões bem perto de si, o monte pareceu-lhe uma coisa bem pequena, ridiculamente pequena, na verdade, muito menor que a cadeira ou a chaminé. E ele ficou mais assustado que antes por serem tão poucos, e sentiu-se tão sozinho que, para distrair-se, pôs-se febrilmente a ler os nomes; um cartão, dois cartões, três cartões, ah!, estremeceu e olhou novamente: "Conde François de Gouvres". Ele devia saber, no entanto, que o sr. de Gouvres viria pedir notícias suas, mas fazia muito tempo que não pensava nele e, imediatamente, a frase de Buivres, "*Havia essa noite alguém que já foi muito bem recompensado, François de Gouvres; diz que ela tem um temperamento!, mas parece que é horrivelmente mal-apanhada. Ele não quis continuar*", veio-lhe à mente e, sentindo todo o antigo sofrimento que do fundo de sua consciência subia num segundo à superfície, pensou: "Agora me alegro de estar perdido. Não morrer, ficar pregado aqui e, por anos a fio, por todo o tempo em que não estiver a meu lado, uma parte do dia, toda a noite, vê-la com outro! E agora não será mais por doença que a verei assim, sem dúvida. Como poderá ainda me amar? Um amputado!". Bruscamente, deteve-se. "E se eu morrer, afinal?"

Ela tinha trinta anos, ele percorreu num salto o tempo mais ou menos longo que Françoise se lembraria dele, seria fiel a ele. Mas viria o dia... "Ele disse *que ela tem um temperamento...* Quero viver, quero viver e quero caminhar, quero segui-la por toda parte, quero ser bonito, quero que ela me ame!".

Nesse momento, teve medo, ao ouvir a própria respiração assobiando, sentia dor no flanco, o peito parecia ter se aproximado das costas, ele não respirava como queria, tentava recuperar o fôlego e não conseguia. A cada segundo, sentia-se respirar e não respirar o suficiente. O médico veio. Honoré passava apenas por um leve ataque de asma nervosa. O médico foi embora, ele ficou mais triste; teria preferido que fosse mais grave e ser pranteado. Pois sentia que, se não era grave, era outra coisa e que estava morrendo. Agora recordava todos os sofrimentos físicos de sua vida, desolava-se; aqueles que mais o amavam nunca se apiedaram dele sob o pretexto de que era nervoso. Nos terríveis meses que passara depois da volta para casa com Buivres, quando às sete horas da manhã vestia-se após ter caminhado a noite toda, seu irmão, que demorava quinze minutos para dormir nas noites após os jantares copiosos, dizia-lhe:

– Você se leva a sério demais; eu também, em certas noites, não durmo. Além disso, a gente acha que não dorme, mas sempre dorme um pouco.

É verdade que se levava a sério demais; no fundo de si mesmo, sempre levava a sério demais a morte, que nunca o abandonara totalmente e que, sem destruir totalmente sua vida, contaminava-a, ora aqui, ora ali. Agora sua asma aumentava, ele não conseguia recuperar o fôlego, seu peito todo fazia um esforço doloroso para respirar. E sentia dissipar-se o véu com que a vida nos dissimula a morte que existe em nós, e percebia a coisa espantosa que é respirar, viver.

Depois, viu-se transportado ao momento em que ela seria consolada, mas depois, por quem seria? E seu ciúme intensificou-se diante da incerteza do acontecimento e de sua necessidade. Poderia impedi-lo se continuasse vivo, mas não podia viver, e então? Ela diria que entraria num convento, mas, quando ele estivesse morto, mudaria de ideia. Não! Preferia não ser enganado duas vezes, preferia saber. Quem? Gouvres, Alériouvre, Buivres, Breyves? Vislumbrou todos eles e, cerrando os dentes, sentiu a revolta furiosa que naquele momento devia encolerizar seu rosto. Acalmou-se sozinho. Não, não era isso, não um devasso, devia ser um homem que realmente a amasse. Por que não quero que seja um devasso? Estou louco se me pergunto isso, é tão natural. Porque a amo por ela mesma, quero que ela seja feliz. Não, não é isso, é porque não quero que excitem seus sentidos, que lhe deem mais prazer que eu dei, que lhe deem qualquer prazer. Concedo que lhe deem felicidade, concedo que lhe deem amor, mas não quero que lhe deem prazer. Tenho ciúme do prazer do outro, do prazer dela. Não terei ciúme do amor deles. É preciso que se case, que escolha bem... Mesmo assim, será triste.

Então um de seus desejos de menino voltou-lhe à mente, do menino que ele era aos sete anos e que dormia todas as noites às oito horas. Quando sua mãe, em vez de ficar até a meia-noite no próprio quarto, que ficava ao lado do de Honoré, e depois deitar-se, precisava sair por volta das onze horas e vestir-se antes disso, ele suplicava que se vestisse antes do jantar e saísse para qualquer lugar, não suportando a ideia de que, enquanto tentasse pegar no sono, alguém na casa se preparasse para ir a uma festa. E para agradar e acalmar o filho, a mãe, toda arrumada e decotada, vinha dizer-lhe boa-noite às oito horas e ia para a casa de uma amiga esperar a hora do baile. Somente assim, naqueles dias tão tristes para ele, quando a mãe ia ao baile, ele conseguia, pesaroso mas tranquilo, adormecer.

Agora, a mesma súplica que ele fazia à mãe, a mesma súplica à Françoise vinha-lhe aos lábios. Gostaria de pedir-lhe que se casasse imediatamente, que estivesse pronta, para que ele enfim pudesse dormir para sempre, desolado, mas calmo e nem um pouco preocupado com o que aconteceria depois que adormecesse.

Nos dias que se seguiram, tentou falar com Françoise, que, como o próprio médico, não o acreditava perdido e repeliu com uma energia doce mas inflexível a proposta de Honoré.

Eles estavam tão acostumados a se falar a verdade que compartilhavam mesmo as verdades que poderiam causar desgosto ao outro, como se bem no fundo de cada um, de seus seres nervosos e sensíveis, cujas suscetibilidades era preciso preservar, tivessem sentido a presença de um Deus, superior e indiferente a todas essas precauções boas para crianças, e que exigia e devia a verdade. E Honoré, diante desse Deus que estava no fundo de Françoise, e Françoise, diante desse Deus que estava no fundo de Honoré, sempre tinham sentido deveres aos quais cediam o desejo de não magoar, de não ofender, as mentiras mais sinceras do afeto e da piedade.

Assim, quando Françoise disse a Honoré que ele viveria, ele percebeu que ela acreditava nisso e aos poucos persuadiu-se a acreditar nela:

— Se devo morrer, não serei mais ciumento quando estiver morto; mas e até lá? Enquanto meu corpo viver, sim! Mas já que só sou ciumento do prazer, já que é meu corpo que sente ciúme, já que não sou ciumento de seu coração, de sua felicidade, que almejo, por quem for mais capaz de produzi-la; quando meu corpo se apagar, quando a alma triunfar sobre ele, quando eu aos poucos me desprender das coisas materiais, como numa noite em que estive muito doente, quando eu não mais desejar loucamente o corpo e amar sobretudo a alma, não serei mais ciumento. Então amarei verdadeiramente. Não consigo conceber direito como será, agora que meu corpo ainda está vivo e revoltado, mas posso imaginá-lo um pouco, pelas horas em que, minha mão na mão de Françoise, eu encontrava numa ternura infinita e sem desejos o apaziguamento de meus sofrimentos e de meu ciúme. Sentirei muito pesar ao deixá-la, mas do mesmo tipo de pesar que outrora me aproximava de mim mesmo, que um anjo vinha consolar em mim, esse pesar que me revelou o amigo misterioso dos dias de infortúnio, minha alma, esse pesar calmo, graças ao qual me sentirei mais belo para mostrar-me perante Deus, e não a moléstia horrível que por tanto tempo doeu em mim sem elevar meu coração, qual mal físico que lancina, degrada e diminui. É com meu corpo, com o desejo de seu corpo que me libertarei. Sim, mas até lá o que será de mim? Mais fraco, mais do que nunca incapaz de resistir, prostrado sobre minhas pernas quebradas, querendo correr até ela só para ver que não está onde a sonhei, ficarei aqui, sem poder me mexer, enganado por todos aqueles que poderão "*ser muito bem recompensados*" o quanto quiserem bem diante de meus olhos de moribundo, que não mais temerão.

Na noite de domingo para segunda-feira, sonhou que sufocava, sentia um peso enorme no peito. Pedia misericórdia, não tinha mais forças para mover aquele peso todo, a sensação de que tudo aquilo estava sobre ele havia muito tempo parecia inexplicável, não podia tolerá-la por mais um segundo, sufocava. De repente, sentiu-se milagrosamente aliviado de todo aquele fardo que ficava cada vez mais longe, mais longe, libertando-o para sempre. E pensou: "Estou morto!".

Acima de si, via elevar-se tudo o que por tanto tempo pesara sobre ele a sufocá-lo; julgou, primeiro, que se tratasse da imagem de Gouvres, depois apenas de suas suspeitas, de seus desejos, dessa espera de outros tempos, desde a manhã gritando pelo momento em que veria Françoise, a seguir, da ideia de Françoise. A cada minuto assumia outra forma, como uma nuvem, crescia, crescia sem parar, e agora ele não explicava mais como aquela coisa que compreendia ser imensa como o mundo pudera estar sobre ele, sobre seu pequeno corpo de homem fraco, sobre seu pobre coração de homem sem energia e como ele não fora esmagado. E também compreendeu que havia sido esmagado e que fora uma vida de esmagado a que levara. E essa coisa imensa que havia pesado sobre seu peito com toda a força do mundo compreendeu que era seu amor.

Repetiu consigo mesmo: "Vida de esmagado!". E lembrou-se de que, no momento em que o cavalo o derrubara, havia pensado: "Vou ser esmagado". Lembrou-se da caminhada, de que naquela manhã iria almoçar com Françoise, e então, por esse desvio, a ideia de seu amor voltou-lhe à mente. E disse para si mesmo: "Era meu amor que pesava sobre mim? O que seria, senão meu amor? Meu caráter, talvez? Eu? Ou a vida?". Depois, pensou: "Não, quando morrer, não serei libertado de meu amor, mas de meus desejos carnais, de minha vontade carnal, de meu ciúme". E disse: "Meu Deus, faça com que essa hora chegue, faça com que chegue logo, meu Deus, que eu conheça o perfeito amor".

Domingo à noite, a peritonite foi declarada; segunda-feira pela manhã, por volta das dez horas, ardia em febre, queria Françoise, chamava-a, os olhos ardentes: "Quero que teus olhos também brilhem, quero te dar o prazer que nunca te dei... quero te dar... vou te dar a dor". Então, de repente, empalidecia de furor. "Sei muito bem por que não queres, sei o que recebeste essa manhã, e onde e por quem, e sei que ele queria mandar me buscar, colocar-me atrás da porta para que eu os visse sem poder me jogar sobre vocês, já que não tenho mais as pernas, sem poder impedi-los, porque vocês sentiriam ainda mais prazer ao me ver ali; ele sabe tão bem tudo o que é preciso para te dar prazer, mas eu o matarei antes, antes matarei você, e antes ainda me matarei. Veja! Eu me matei!". E voltava a cair sem forças em cima do travesseiro.

Aos poucos acalmou-se, sempre procurando alguém para ela desposar depois de sua morte, mas eram sempre as imagens, que ele afastava, François de Gouvres, Buivres, que o torturavam, que voltavam sempre.

Ao meio-dia, recebeu os sacramentos. O médico havia dito que ele não chegaria ao fim da tarde. Ele perdia as forças com extrema rapidez, não conseguia mais absorver os alimentos, quase não ouvia mais. Mantinha a mente clara e não dizia coisa alguma, para não causar sofrimento a Françoise, que via abatida, pensava nela depois que ele não fosse mais nada, que não soubesse mais nada a respeito dela, depois que ela não pudesse mais amá-lo.

Os nomes que ele dissera maquinalmente naquela manhã, daqueles que talvez viessem a possuí-la, voltaram a desfilar por sua mente enquanto seus olhos seguiam uma mosca que se aproximava de seu dedo como se quisesse tocá-lo, depois voava e acabava voltando, sem no entanto tocá-lo; e dado que, reavivando sua atenção momentaneamente adormecida, o nome de François de Gouvres lhe voltasse à mente, disse para si mesmo que de fato ele talvez viesse a possuí-la e, ao mesmo tempo, pensou: "Talvez a mosca toque o lençol? Não, ainda não". Então, arrancando-se bruscamente de seu devaneio: "Como? Nenhuma das duas coisas me parece mais importante que a outra! Gouvres possuirá Françoise, a mosca tocará o lençol? Oh! Possuir Françoise é um pouco mais importante". Mas a clareza com que via a diferença que separava esses dois acontecimentos mostrou-lhe que nenhum dos dois o influenciava mais que o outro. E pensou consigo mesmo: "Que coisa, isso me é tão indiferente! Que triste". Então percebeu que só dissera "que triste" por hábito e que, tendo mudado completamente, não estava mais triste por ter mudado. Um vago sorriso descerrou seus lábios. "Aqui está", pensou, "meu puro amor por Françoise. Deixei de ser ciumento, pois estou muito perto da morte; mas não importa, era necessário que assim fosse, para que eu enfim sentisse por Françoise o verdadeiro amor."

Mas então, erguendo os olhos, avistou Françoise entre os criados, o doutor e duas velhas parentas, todos rezando ali perto. E percebeu que o amor, puro de todo egoísmo, de toda sensualidade, que ele queria tão doce, tão vasto e tão divino em si, estimava as velhas parentas, os criados e o próprio médico, tanto quanto Françoise, e que, já sentindo por ela o amor de todas as criaturas a quem sua alma semelhante às delas agora o unia, não sentia mais qualquer outro amor por ela. Não podia nem mesmo conceber a aflição como qualquer amor exclusivo por ela, a própria ideia de uma preferência por ela estava agora abolida.

Em lágrimas, ao pé da cama, ela murmurava as mais belas palavras de antanho: "Meu país, meu irmão". Ele, porém, não tendo nem a vontade nem a força para desiludi-la, sorria e pensava que seu "país" não estava mais nela, mas no céu e em toda a terra. Repetia em seu coração: "Meus irmãos". E se olhava mais para ela do que para os outros, era apenas por piedade, pela torrente de lágrimas que via escorrer de seus olhos, seus olhos que logo se fechariam e não chorariam mais. Mas ele não a amava mais nem de maneira diferente do que amava o médico, as velhas parentas, os criados. E este foi o fim de seu ciúme.

Coleção L&PM POCKET (Lançamentos mais recentes)

1126. **Peanuts: É para isso que servem os amigos (amizade)** – Charles Schulz
1127(27). **Nietzsche** – Dorian Astor
1128. **Bidu: Hora do banho** – Mauricio de Sousa
1129. **O melhor do Macanudo Taurino** – Santiago
1130. **Radicci 30 anos** – Iotti
1131. **Show de sabores** – J.A. Pinheiro Machado
1132. **O prazer das palavras** – vol. 3 – Cláudio Moreno
1133. **Morte na praia** – Agatha Christie
1134. **O fardo** – Agatha Christie
1135. **Manifesto do Partido Comunista (Mangá)** – Marx & Engels
1136. **A metamorfose (Mangá)** – Franz Kafka
1137. **Por que você não se casou... ainda** – Tracy McMillan
1138. **Textos autobiográficos** – Bukowski
1139. **A importância de ser prudente** – Oscar Wilde
1140. **Sobre a vontade na natureza** – Arthur Schopenhauer
1141. **Dilbert (8)** – Scott Adams
1142. **Entre dois amores** – Agatha Christie
1143. **Cipreste triste** – Agatha Christie
1144. **Alguém viu uma assombração?** – Mauricio de Sousa
1145. **Mandela** – Elleke Boehmer
1146. **Retrato do artista quando jovem** – James Joyce
1147. **Zadig ou o destino** – Voltaire
1148. **O contrato social (Mangá)** – J.-J. Rousseau
1149. **Garfield fenomenal** – Jim Davis
1150. **A queda da América** – Allen Ginsberg
1151. **Música na noite & outros ensaios** – Aldous Huxley
1152. **Poesias inéditas & Poemas dramáticos** – Fernando Pessoa
1153. **Peanuts: Felicidade é...** – Charles M. Schulz
1154. **Mate-me por favor** – Legs McNeil e Gillian McCain
1155. **Assassinato no Expresso Oriente** – Agatha Christie
1156. **Um punhado de centeio** – Agatha Christie
1157. **A interpretação dos sonhos (Mangá)** – Freud
1158. **Peanuts: Você não entende o sentido da vida** – Charles M. Schulz
1159. **A dinastia Rothschild** – Herbert R. Lottman
1160. **A Mansão Hollow** – Agatha Christie
1161. **Nas montanhas da loucura** – H.P. Lovecraft
1162(28). **Napoleão Bonaparte** – Pascale Fautrier
1163. **Um corpo na biblioteca** – Agatha Christie
1164. **Inovação** – Mark Dodgson e David Gann
1165. **O que toda mulher deve saber sobre os homens: a afetividade masculina** – Walter Riso
1166. **O amor está no ar** – Mauricio de Sousa
1167. **Testemunha de acusação & outras histórias** – Agatha Christie
1168. **Etiqueta de bolso** – Celia Ribeiro
1169. **Poesia reunida (volume 3)** – Affonso Romano de Sant'Anna
1170. **Emma** – Jane Austen
1171. **Que seja em segredo** – Ana Miranda
1172. **Garfield sem apetite** – Jim Davis
1173. **Garfield: Foi mal...** – Jim Davis
1174. **Os irmãos Karamázov (Mangá)** – Dostoiévski
1175. **O Pequeno Príncipe** – Antoine de Saint-Exupéry
1176. **Peanuts: Ninguém mais tem o espírito aventureiro** – Charles M. Schulz
1177. **Assim falou Zaratustra** – Nietzsche
1178. **Morte no Nilo** – Agatha Christie
1179. **Ê, soneca boa** – Mauricio de Sousa
1180. **Garfield a todo o vapor** – Jim Davis
1181. **Em busca do tempo perdido (Mangá)** – Proust
1182. **Cai o pano: o último caso de Poirot** – Agatha Christie
1183. **Livro para colorir e relaxar** – Livro 1
1184. **Para colorir sem parar**
1185. **Os elefantes não esquecem** – Agatha Christie
1186. **Teoria da relatividade** – Albert Einstein
1187. **Compêndio da psicanálise** – Freud
1188. **Visões de Gerard** – Jack Kerouac
1189. **Fim de verão** – Mohiro Kitoh
1190. **Procurando diversão** – Mauricio de Sousa
1191. **E não sobrou nenhum e outras peças** – Agatha Christie
1192. **Ansiedade** – Daniel Freeman & Jason Freeman
1193. **Garfield: pausa para o almoço** – Jim Davis
1194. **Contos do dia e da noite** – Guy de Maupassant
1195. **O melhor de Hagar 7** – Dik Browne
1196(29). **Lou Andreas-Salomé** – Dorian Astor
1197(30). **Pasolini** – René de Ceccatty
1198. **O caso do Hotel Bertram** – Agatha Christie
1199. **Crônicas de motel** – Sam Shepard
1200. **Pequena filosofia da paz interior** – Catherine Rambert
1201. **Os sertões** – Euclides da Cunha
1202. **Treze à mesa** – Agatha Christie
1203. **Bíblia** – John Riches
1204. **Anjos** – David Albert Jones
1205. **As tirinhas do Guri de Uruguaiana 1** – Jair Kobe
1206. **Entre aspas (vol.1)** – Fernando Eichenberg
1207. **Escrita** – Andrew Robinson
1208. **O spleen de Paris: pequenos poemas em prosa** – Charles Baudelaire
1209. **Satíricon** – Petrônio
1210. **O avarento** – Molière
1211. **Queimando na água, afogando-se na chama** – Bukowski
1212. **Miscelânea septuagenária: contos e poemas** – Bukowski

1213. **Que filosofar é aprender a morrer e outros ensaios** – Montaigne
1214. **Da amizade e outros ensaios** – Montaigne
1215. **O medo à espreita e outras histórias** – H.P. Lovecraft
1216. **A obra de arte na era de sua reprodutibilidade técnica** – Walter Benjamin
1217. **Sobre a liberdade** – John Stuart Mill
1218. **O segredo de Chimneys** – Agatha Christie
1219. **Morte na rua Hickory** – Agatha Christie
1220. **Ulisses (Mangá)** – James Joyce
1221. **Ateísmo** – Julian Baggini
1222. **Os melhores contos de Katherine Mansfield** – Katherine Mansfied
1223.(31). **Martin Luther King** – Alain Foix
1224. **Millôr Definitivo: uma antologia de** *A Bíblia do Caos* – Millôr Fernandes
1225. **O Clube das Terças-Feiras e outras histórias** – Agatha Christie
1226. **Por que sou tão sábio** – Nietzsche
1227. **Sobre a mentira** – Platão
1228. **Sobre a leitura** *seguido do* **Depoimento de Céleste Albaret** – Proust
1229. **O homem do terno marrom** – Agatha Christie
1230.(32). **Jimi Hendrix** – Franck Médioni
1231. **Amor e amizade e outras histórias** – Jane Austen
1232. **Lady Susan, Os Watson e Sanditon** – Jane Austen
1233. **Uma breve história da ciência** – William Bynum
1234. **Macunaíma: o herói sem nenhum caráter** – Mário de Andrade
1235. **A máquina do tempo** – H.G. Wells
1236. **O homem invisível** – H.G. Wells
1237. **Os 36 estratagemas: manual secreto da arte da guerra** – Anônimo
1238. **A mina de ouro e outras histórias** – Agatha Christie
1239. **Pic** – Jack Kerouac
1240. **O habitante da escuridão e outros contos** – H.P. Lovecraft
1241. **O chamado de Cthulhu e outros contos** – H.P. Lovecraft
1242. **O melhor de Meu reino por um cavalo!** – Edição de Ivan Pinheiro Machado
1243. **A guerra dos mundos** – H.G. Wells
1244. **O caso da criada perfeita e outras histórias** – Agatha Christie
1245. **Morte por afogamento e outras histórias** – Agatha Christie
1246. **Assassinato no Comitê Central** – Manuel Vázquez Montalbán
1247. **O papai é pop** – Marcos Piangers
1248. **O papai é pop 2** – Marcos Piangers
1249. **A mamãe é rock** – Ana Cardoso
1250. **Paris boêmia** – Dan Franck
1251. **Paris libertária** – Dan Franck
1252. **Paris ocupada** – Dan Franck
1253. **Uma anedota infame** – Dostoiévski
1254. **O último dia de um condenado** – Victor Hugo
1255. **Nem só de caviar vive o homem** – J.M. Simmel
1256. **Amanhã é outro dia** – J.M. Simmel
1257. **Mulherzinhas** – Louisa May Alcott
1258. **Reforma Protestante** – Peter Marshall
1259. **História econômica global** – Robert C. Allen
1260.(33). **Che Guevara** – Alain Foix
1261. **Câncer** – Nicholas James
1262. **Akhenaton** – Agatha Christie
1263. **Aforismos para a sabedoria de vida** – Arthur Schopenhauer
1264. **Uma história do mundo** – David Coimbra
1265. **Ame e não sofra** – Walter Riso
1266. **Desapegue-se!** – Walter Riso
1267. **Os Sousa: Uma família do barulho** – Mauricio de Sousa
1268. **Nico Demo: O rei da travessura** – Mauricio de Sousa
1269. **Testemunha de acusação e outras peças** – Agatha Christie
1270.(34). **Dostoiévski** – Virgil Tanase
1271. **O melhor de Hagar 8** – Dik Browne
1272. **O melhor de Hagar 9** – Dik Browne
1273. **O melhor de Hagar 10** – Dik e Chris Browne
1274. **Considerações sobre o governo representativo** – John Stuart Mill
1275. **O homem Moisés e a religião monoteísta** – Freud
1276. **Inibição, sintoma e medo** – Freud
1277. **Além do princípio de prazer** – Freud
1278. **O direito de dizer não!** – Walter Riso
1279. **A arte de ser flexível** – Walter Riso
1280. **Casados e descasados** – August Strindberg
1281. **Da Terra à Lua** – Júlio Verne
1282. **Minhas galerias e meus pintores** – Kahnweiler
1283. **A arte do romance** – Virginia Woolf
1284. **Teatro completo v. 1: As aves da noite** *seguido de* O visitante – Hilda Hilst
1285. **Teatro completo v. 2: O verdugo** *seguido de* A morte do patriarca – Hilda Hilst
1286. **Teatro completo v. 3: O rato no muro** *seguido de* Auto da barca de Camiri – Hilda Hilst
1287. **Teatro completo v. 4: A empresa** *seguido de* O novo sistema – Hilda Hilst
1288. **Sapiens: Uma breve história da humanidade** – Yuval Noah Harari
1289. **Fora de mim** – Martha Medeiros
1290. **Divã** – Martha Medeiros
1291. **Sobre a genealogia da moral: um escrito polêmico** – Nietzsche
1292. **A consciência de Zeno** – Italo Svevo
1293. **Células-tronco** – Jonathan Slack
1294. **O fim do ciúme e outros contos** – Proust
1295. **A jangada** – Júlio Verne
1296. **A ilha do dr. Moreau** – H.G. Wells
1297. **Ninho de fidalgos** – Ivan Turguêniev

lepmeditores
www.lpm.com.br
o site que conta tudo

IMPRESSÃO:

PALLOTTI
GRÁFICA

Santa Maria - RS | Fone: (55) 3220.4500
www.graficapallotti.com.br